AF448710

Poesía oscura romántica

Poesía oscura romántica

SELECCIÓN, PRÓLOGO Y NOTAS
E. EHRENDOST

Editorial Alastor

Bürger, Gottfried [et al.]
    Poesía oscura romántica
    1ª ed. - Buenos Aires: Editorial Alastor, 2022
    192 p.; 19,84 x 12,85 cm.

    ISBN 978-987-26668-3-5

    1. Poesía   2. Oscuridad   I. Bürger, Gottfried   II. Título
    CDD 861

Traducciones: E. Ehrendost
Diseño: E. M. B.

Ilustración de cubierta:
    El rey de los elfos
    de Julius von Klever (1850-1924)

PRÓLOGO

Tout cela qui sent l'homme à mourir me convie,
En ce qui est hideux je cherche mon confort:
Fuiez de moy, plaisirs, heurs, espérance et vie,
Venez, maulz et malheurs et désespoir et mort!

Théodore Agrippa d'Aubigné. *Stances*.

[«Todo contacto con el hombre a morir me incita;
busco mi refugio en aquello que horroriza y repele.
¡Huid de mí, placeres, alegrías, esperanza y vida!,
¡venid, males, desdichas, desesperación y muerte!»]

Entre las numerosas características del Romanticismo que afloraron en el mundo de la literatura y las artes entre mediados del siglo xviii y fines del xix, tal vez una de las más notorias haya sido su manifiesto gusto por la oscuridad, el horror y los sentimientos mórbidos y luctuosos. Si bien tales temáticas habían contado con importantes antecedentes, sería recién en el período romántico que esta tendencia hacia lo oscuro cristalizaría de manera generalizada a través de toda la cultura de Occidente, ocasionando, entre muchas otras cosas, el nacimiento de la literatura de horror como tal.

En el caso puntual de la poesía, tal vez las primeras muestras de una inclinación consciente por la oscuridad y el horror se hayan dado con el género llamado *disperata*, que floreció en la Italia medieval a través de poetas como Antonio Beccari, Simone Serdini, Antonio Cammelli y Antonio Tebaldeo, y que se extendió luego por la Francia renacentista de la mano de autores como Joachim du Bellay, Flaminio de Birague, Théodore Agrippa d'Aubigné y Marc-Antoine Girard de Saint-Amant. Si bien en la mayoría de los casos este género no se alejaba mucho del de la poesía amorosa heredera del Petrarca, el regodeo de tales autores en lamentos desgarrados, paisajes desolados, escenas apocalípticas e infernales, imágenes de muerte y fantasías de suicidio sentaría sin duda las bases para todo el posterior desarrollo de este tipo de literatura. Paralelamente, en Inglaterra surgía la figura de John Milton, cuyo Satán tal vez constituiría el primer personaje romántico de la historia literaria, y el compositor Henry Purcell ponía música a *O Solitude*, traducción de una de las obras de Saint-Amant, lo que evidencia que las islas británicas no eran ajenas al influjo de esta incipiente corriente estética. Como resultado, durante la primera mitad del siglo xviii aparecen allí los *graveyard poets* (poetas de cementerio), con autores como Thomas Parnell, Edward Young, Robert Blair y Thomas Gray, cuyas obras, de tonos melancólicos y ambientadas en camposantos, se vuelcan ya sin ambages a lo macabro. Es entonces que entra en escena un nuevo elemento que termina de configurar el panorama prerromántico: el medievalismo. Este creciente gusto británico por una idealizada Edad Media conduce tanto a la novela gótica (origen de toda la literatura de horror) con *El castillo de Otranto*, de Horace Walpole, publicada en 1764, como a los «redescubrimientos» de ficticios bardos antiguos tales como el Ossian de James Macpherson o el Rowley de Thomas Chatterton. Pero, por sobre todo, conduce al renovado auge de la balada medieval. Es así que el irlandés Thomas Percy reúne y publica, en 1765, las *Reliques of Ancient English Poetry*, colección de baladas tradicionales que incluía algunas de terror como «Edward, Edward», «The Witch of Wokey», «Margaret's Ghost» y «Sweet William's Ghost», y que resultaría una enorme influencia para Bürger, Schiller y Goethe en Alemania, Robert Burns y Walter Scott en Escocia, y, naturalmente, Wordsworth y Coleridge en Inglaterra.

Llegamos así al punto que acaso marque el inicio de la oscuridad en la poesía ya propiamente romántica: la balada alemana. Gottfried Bürger no llevaba mucho tiempo dedicándose a la literatura cuando cayó en sus manos un ejemplar de las *Reliquias* de Percy. Su impresión fue tan grande que no tardó en traducir varias de esas baladas al alemán, y, en 1773, quizás influenciado por «Sweet William's Ghost», publicó su primera balada propia con elementos terroríficos y sobrenaturales: *Lenore*. La obra se convirtió en un fenómeno inmediato de tales proporciones que muchos consideran tanto a *Lenore* como al *Werther* de Goethe, que se publicó escasos meses después, como los principales precursores del Romanticismo literario. Por toda Europa cundían las traducciones e imitaciones de la obra, que además inspiraba pinturas y composiciones musicales. Walter Scott y Dante Gabriel Rossetti serían algunos de sus traductores, mientras que Anton Reicha transformaría la balada en una espeluznante cantata que serviría de modelo para un sinfín de *singspiels*, óperas y poemas sinfónicos que los músicos del Romanticismo dedicarían al género del horror. También Joachim Raff se inspiraría en *Lenore* a la hora de componer su trepidante quinta sinfonía. Tras aquel temprano éxito, Bürger siguió escribiendo numerosas baladas de diverso tono, pero recién en 1786 volvió a causar sensación con otra obra de temática sobrenatural y aspectos terroríficos: *Der wilde Jäger (El cazador salvaje)*. Esta balada también sería adaptada (más que traducida) al inglés por Walter Scott, e inspiraría el formidable poema sinfónico *Le Chasseur maudit*, del francés César Franck.

Mientras tanto, Schiller, Goethe y los demás autores alemanes del movimiento prerromántico *Sturm und Drang* no tardaron en sucumbir primero a la fascinación por las antiguas baladas reunidas por Percy y luego al hechizo de *Lenore*, de modo que se lanzaron a incursionar en el género. Fue de ese modo que, en 1779, el autor de *Werther* produjo *Der Fischer (El pescador)* y, tres años más tarde, *Erlkönig (El rey de los elfos)*. Estas dos pequeñas baladas de ribetes sobrenaturales serían, al igual que las de Bürger, fuente de inspiración para incontables obras de otras disciplinas, de todas las cuales posiblemente la más famosa sea el *lied* que Franz Schubert realizó a partir de la segunda. También Carl Loewe, que destacó por su increíble destreza para transformar baladas en *lieder*, dejaría plasmadas ambas obras en música. Muchos años más tarde, ya en 1797, Goethe retornó al campo de las baladas de horror con *Die Braut von Korinth (La novia de Corinto)*, de particular importancia por haber constituido uno de los primeros exponentes literarios de temática vampírica. Y tiempo después, ya tras la aparición de la primera parte de su clásico *Fausto*, el poeta se acercó una vez más a lo sobrenatural, si bien de manera algo menos seria que en sus obras previas, con la producción en 1813 de *Der Totentanz (Danza macabra)*, que habría de generar otro inspirado *lied* por parte de Loewe. Así pues, el autor más grande en lengua alemana mantuvo durante más de tres décadas su interés por el género, lo cual nos da una idea de la importancia literaria de este.

Ya establecida en Alemania la literatura propiamente romántica, muchos poetas, como Hölderlin y Novalis, sondearon lo oscuro, recurriendo algunos a la balada y otros a la poesía lírica. Entre estos últimos puede contarse a Ludwig Tieck, cuyo mayor aporte al incipiente Romanticismo germano acaso se haya dado en su prosa, especialmente a través de sus relatos sobrenaturales y cuentos de hadas. Aun así, dentro de su producción poética es posible encontrar algunas muestras, sobre todo en sus inicios, de un lirismo oscuro y pesimista, de lo cual *Melankolia (Melancolía)*, de 1793, es un excelente ejemplo. Por el lado de la balada, resulta de singular importancia la figura de Clemens Brentano, autor cuya fama reside principalmente en haber reunido y publicado, junto a su colega Achim von Arnim, los tres volúmenes de *Des Knaben Wunderhorn*, una vasta colección de canciones y poemas tradicionales germanos. En el año 1800, Brentano se interesó por Lorelei, un escarpado risco a orillas del río Rin que era fuente de leyendas por la sonoridad de los ecos que producía. Compuso entonces *Lore Lay*, una balada en la que asoció el risco y sus ecos a una hechicera de su propia creación. La obra, cuya historia muchos creyeron que estaba basada en una verdadera leyenda antigua, se volvería de inmediato una enorme influencia para la literatura romántica alemana. Adelbert von Chamisso, por su parte, cultivó tanto la balada como la poesía lírica. Célebre por su inmortal novela fáustica *La maravillosa historia de Peter Schlemihl*, su obra frecuentó las temáticas lúgubres, los escenarios góticos y las situaciones violentas, una buena muestra de lo cual la constituyen sus poemas *Laß ruh'n die Toten (Deja descansar a los muertos)* y *Die Sterbende (La moribunda)*. Joseph von Eichendorff, el «cantor de los bosques germanos» y autor de *Episodios de una vida tunante*, también practicó ambas corrientes, a menudo en un tono entre melancólico y onírico. Un interesante ejemplo suyo de balada es *Waldgespräch (Diálogo en el bosque)*, de 1815, en la que retomó la leyenda de Lorelei iniciada por Brentano, mientras que *Die Nacht (La noche)* ilustra a la perfección su faceta lírica.

Toda la fama de Wilhelm Müller obedece mayormente al uso que de sus breves viñetas poéticas hizo Schubert para componer sus dos grandes ciclos de *lieder*. El segundo de ellos, *Winterreise (Viaje de invierno)*, se basó en una colección de poemas escrita por Müller entre 1823 y 1824, la cual se caracterizaba por el soledoso y resignado desconsuelo que transmitían muchas de sus piezas, entre ellas, «Einsamkeit» *(Soledad)* y «Die Krahe» *(El cuervo)*. Heinrich Heine fue otro autor que retomó, mediante una balada de 1824, la leyenda de la bruja Lorelei, la cual adquirió tal vez con él su forma definitiva. No fue el único acercamiento de Heine a lo sobrenatural, que entre muchas otras obras escribió también, en 1827, *Der Doppelgänger (El doble)*, poema en el que Schubert basaría uno de sus *lieder* más sombríos y siniestros. La balada germana de horror aún se mantendría vigente algunas décadas más gracias principalmente a la figura de Eduard Mörike, entre cuyas obras resultan de particular interés *Der Schatten (La sombra)*, de 1838, y *Die Geister am Mummelsee (Los fantasmas de Mummelsee)*, de 1846. Ya en las postrimerías del Romanticismo alemán, Mathilde Wesendonck ofrece, como Müller, otro ejemplo de poetas inmortalizados por los *lieder* realizados a partir de sus obras por algún gran compositor, en esta ocasión Richard Wagner, quien entre 1857 y 1858 usó cinco poemas de la autora para producir sus *Wesendonck Lieder*. Destacables por su vital lirismo son los casos de *Im Treibhaus (En el invernadero)* y *Schmerzen (Aflicciones)*, el primero de los cuales le sirvió a Wagner como estudio para su ópera *Tristan und Isolde*.

Regresando a la Inglaterra de los *graveyard poets* y las colecciones de baladas, la mayor figura que medió entre ese palpitante universo y el período romántico fue sin duda la de William Blake. La relación entre su inclasificable poesía y ambas corrientes fue tal vez tenue, pero realizó numerosas ilustraciones para algunos poemas de los *graveyard poets* (entre ellos, *The Grave*, de Robert Blair, y *Night-Thoughts*, de Edward Young), así como para la balada *Lenore*. En su primer libro de poesía, de 1777, incluyó piezas como «To Winter» (*Al Invierno*), en las que ya se traslucía el germen del Romanticismo en ciernes. Posteriormente, sus ideas religiosas, abiertamente hostiles a la Iglesia, se vieron reflejadas en obras como *El matrimonio del Cielo y el Infierno* y en poemas simbólicos como «The Garden of Love» (*El Jardín del Amor*), publicado en 1794 entre sus *Cantos de inocencia y de experiencia*.

El comienzo formal del Romanticismo británico se dio en una fecha muy puntual: 1798, año en que vio la luz el libro *Lyrical Ballads*, obra conjunta de los poetas William Wordsworth y Samuel Taylor Coleridge. Desde el título mismo quedaba clara la influencia que el género de la balada había ejercido sobre ambos autores, lo cual se evidenció especialmente en la obra más inmortal de Coleridge, «The Rime of the Ancient Mariner» (*La balada del viejo marinero*), poema de horror marítimo que imitaba el lenguaje arcaico de muchas de las *Reliquias* de Percy y que inspiró, como antaño *Lenore*, un enorme cúmulo de obras de otros artistas, por ejemplo, los grabados realizados por Gustave Doré. Coleridge volvió a bucear más tarde en el horror a través de poemas como *Christabel* o *The Three Graves*, y también es posible hallar rastros de oscuridad en obras como la onírica *Kubla Khan* o *Dejection: An Ode*. Wordsworth, en cambio, se inclinó por una poesía altamente descriptiva en la que exaltaba el contacto con la Naturaleza y que resultaría una influencia capital para la siguiente generación de poetas románticos ingleses. Este acercamiento al mundo natural, que en Wordsworth podía adquirir tintes tanto líricos como filosóficos o meramente narrativos, se tradujo ocasionalmente en románticas escenas crepusculares preñadas de insinuaciones simbólicas, como en los casos de *A Night Piece* (*Pieza nocturna*) y *Yew Trees* (*Tejos*).

Tras Coleridge, el fervor anglosajón por la balada de horror dejó también huella en otros autores de la época, uno de los cuales fue Robert Southey. Aunque más recordado hoy por sus largos y exóticos poemas épicos o por su breve *My days among the dead are past* (*Mis días entre los muertos han pasado*), Southey escribió numerosas baladas de temática sobrenatural, entre ellas, *The Old Woman of Berkeley* y la escalofriante *The Bishop Hatto* (*El obispo Hatto*), de 1799. Otro tanto puede decirse del lírico irlandés Thomas Moore, cuya temprana fama se cimentó principalmente en las letras que escribió para melodías tradicionales de su país. Entre sus baladas es posible destacar la tétrica *The Shield* (*El escudo*) y *The Ring* (*El anillo*), de 1811, cuyo argumento de la estatua desposada sería más tarde retomado por el francés Prosper Mérimée en su relato *La Venus de Ille*.

La segunda generación de poetas del Romanticismo inglés fue encabezada por la tempestuosa figura de Lord Byron. Arquetipo por definición del artista romántico, su poesía no fue ajena a su vida de aventuras y escándalos, y su personalidad atormentada, inconformista y rebelde se vio reflejada en los «héroes byronianos» que protagonizaron todas sus obras, del melancólico peregrino Childe Harold al misantrópico hechicero Manfred. Entre las poemas que incluyó en su colección *The Prisoner of Chillon and other poems*, de 1816, podían encontrarse numerosas piezas de tonos lóbregos o sobrenaturales, entre ellas, «Darkness» *(Oscuridad)* y «The Incantation» *(El hechizo)*, que luego pasaría a formar parte de su drama metafísico *Manfred*, fáustico poema que de inmediato se volvió un epítome del Romanticismo y que inspiraría toda clase de obras pictóricas y musicales, la principal de las cuales acaso sea la sinfonía de Piotr Ilich Tchaikovski. Byron regresó años después a los temas existenciales y metafísicos de esta sombría obra con otro drama de similares características, *Caín*, en el que la figura de Lucifer adquiría proporciones análogas a las del Satán de Milton. Otro ejemplo de rebeldía romántica lo constituyó Percy Bysshe Shelley, un frecuente compañero de aventuras de Byron. Sus comienzos literarios estuvieron marcados por el ateísmo y la oscuridad, lo cual volcó en dos juveniles novelas góticas y en sus primeros poemas, en los que los temas de la muerte, la noche y los cementerios fueron recurrentes. El punto culmen de este inicio fue el exaltado *Hymn to Intellectual Beauty (Himno a la Belleza Intelectual)*, de 1816, que compuso tras un paseo en bote con Byron, mientras su esposa Mary concebía y empezaba a escribir su clásico *Frankenstein*, y en el que dejó manifiesto su credo humanista y anticristiano. Tras esto, la poesía de Shelley se acercó más al influjo de Wordsworth, pero aún quedó lugar para la oscuridad en algunos de sus poemas, por ejemplo, la *Ode to the West Wind (Oda al Viento Oeste)*, de 1819, o *Adonais*, elegía que compuso a la muerte del tercer grande de su generación: John Keats. Aclamado por sus célebres cinco odas, entre ellas, la *Ode to a Nightingale (Oda a un ruiseñor)*, de 1819, la delicada poesía de Keats no se agotó allí sino que tuvo marcadas inclinaciones tanto hacia el medievalismo, que alentó en sus goticistas *The Eve of St. Agnes* e *Isabella*, como hacia el helenismo, que se corporizó en *Endymion*, *Hyperion* y la sobrenatural *Lamia*, basada en el mismo episodio de la vida de Apolonio de Tiana que había inspirado a Goethe la creación de *La novia de Corinto*. La influencia de la balada medieval, por otra parte, tampoco estuvo ausente en la obra de Keats, como lo demuestra *La Belle Dame sans Merci*, también de 1819.

Ya iniciada la etapa victoriana, los ecos del helenismo y el medievalismo de Keats se mantuvieron vigentes en la gran mayoría de los poetas británicos. Tal el caso de Lord Tennyson, autor de los artúricos *Idilios del rey* y de un enorme catálogo de baladas, poemas líricos como *Tears, Idle Tears (Lágrimas, vanas lágrimas)*, de 1847, y obras helenistas como *Tithonus (Titono)*, de 1859. Ambas corrientes también pueden encontrarse entre los autores del prerrafaelismo, un ejemplo de lo cual es *The Garden of Proserpine (El jardín de Proserpina)*, obra de Algernon Charles Swinburne publicada en 1866.

Entre tanto, al otro lado del Atlántico, la oscuridad y el horror del apogeo romántico tuvieron un líder indiscutido: Edgar Allan Poe, que a sus notables cuentos cortos añadió una singular obra poética en la que a menudo tocó los mismos temas macabros y torturados que supo introducir con maestría en sus relatos, como puede verse en *Alone (Solo)*, *The Sleeper (La durmiente)*, *The Raven (El cuervo)* y *Ulalume*, todas obras escritas entre 1829 y 1847.

Regresando a la Europa continental, una figura central de la oscuridad romántica se nos presenta en Italia: Giacomo Leopardi. Si bien la península contaba ya con Ugo Foscolo, que en su poema *Dei Sepolcri (Los sepulcros)* había mostrado influencias de los *graveyard poets*, fue Leopardi quien con sus profundas reflexiones filosóficas y sus lamentos mostró una mayor conexión con los autores medievales de la poesía *disperata*. En sus juveniles *Idilios*, compuestos entre 1819 y 1821, su melancolía ya se hacía presente en piezas como «Alla Luna» *(A la luna)*, «L'Infinito» *(El infinito)* y «La sera del dì di festa» *(La noche del día de fiesta)*, pero ese lirismo luctuoso y desgarrado se mantendría presente en su obra aun hasta sus últimos *Cantos*, un ejemplo de los cuales lo constituye «A se stesso» *(A sí mismo)*, de 1833.

La oscuridad del Romanticismo poético francés, que fue el último en desarrollarse, no tuvo tanta relación con el universo de cementerios y baladas de los países vecinos, sino que se asentó más bien sobre la influencia de los poetas neopetrarquistas del Renacimiento y del Jean-Jacques Rousseau de *Las ensoñaciones de un paseante solitario*. El autor que abrió paso al movimiento fue François-René de Chateaubriand, quien entre 1784 y 1790 escribió sus *Tableaux de la nature (Cuadros de la naturaleza)*, obra en la que exaltó su atracción por la soledad y los bosques, como puede apreciarse en «La Forêt» *(El bosque)* y «Le Printemps, l'Été et l'Hiver» *(La primavera, el verano y el invierno)*. Sin embargo, el Romanticismo recién se establecería en las letras francesas treinta años más tarde, más precisamente en 1820, cuando Alphonse de Lamartine publicó sus *Meditaciones poéticas*. Entre sus páginas, el mismo espíritu que había alentado en los *Cuadros* de Chateaubriand reaparecía, aunque acompañado en esta ocasión por una mayor angustia frente a los interrogantes existenciales y las ideas de muerte, testimonio de lo cual lo brindan piezas como «L'Isolement» *(El aislamiento)*, «Le Soir» *(El anochecer)*, «Le Lac» *(El lago)* y «L'Automne» *(El otoño)*.

La prosa francesa empezó por entonces a acercarse a los géneros fantásticos y de horror, que desde hacía décadas prevalecían en Alemania e Inglaterra, a través de Charles Nodier, de un joven Victor Hugo que en 1823 iniciaba su rica carrera literaria con la novela gótica *Han de Islandia*, y de las traducciones en prosa de las baladas de Bürger y Goethe realizadas por Gérard de Nerval. Este espíritu de época, sin embargo, no se trasladó en lo inmediato a la poesía, cuya faceta más oscura siguió en los cauces trazados por Lamartine. Dos buenas muestras de ello son *Le Malheur (La Desdicha)*, de 1829, obra del poeta y militar Alfred de Vigny, que escasos años más tarde escribiría su drama *Chatterton*, e «Isolement» *(Aislamiento)*, de 1832, poema incluido en las *Rhapsodies* de Pétrus Borel, también conocido como «el Licántropo», quien al año siguiente publicaría *Champavert: Cuentos inmorales*. Poco después, en 1835, tras su ruptura amorosa con la escritora George Sand, Alfred de Musset escribió, además de su novela *Confesiones de un hijo del siglo*, las dos primeras «noches» de su colección *Les Nuits (Las noches)*, las de mayo y diciembre, en las que todo el desconsuelo del Romanticismo francés alcanzó sin duda su mayor grado de exuberancia y patetismo. Comenzó entonces a cundir por toda Francia un cismático espíritu de renovación cuya primera figura visible fue Théophile Gautier, autor de numerosos cuentos fantásticos y principal propulsor de la doctrina del «arte por el arte», entre cuyos poemas se encuentra *Lamento*, de 1838, que sería musicalizado más tarde por el compositor Hector Berlioz bajo el nombre de *Au cimetière*.

Ese espíritu de renovación del que Gautier formaba parte, y que podía ser tanto una evolución de la estética romántica como una reacción en su contra, con el tiempo fue reflejándose en una serie de corrientes y estilos literarios que sucedieron al Romanticismo pero que no podrían entenderse sin su existencia. El primero de estos movimientos fue el parnasianismo, escuela estrictamente poética que surgió como una respuesta a los excesos sentimentalistas de los autores románticos franceses y al utilitarismo o el activismo ideológico en el arte. Preconizado por el mismo Gautier e inspirado en su «arte por el arte», tuvo tal vez su mayor figura en Charles Marie Leconte de Lisle, que publicó diversas colecciones de poesía como los *Poèmes barbares*, de 1862, donde era posible encontrar piezas como «Le Vent froid de la nuit» *(El frío viento de la noche)*, o los *Poèmes tragiques*, de 1884, que incluían obras como «À un Poète mort» *(A un poeta muerto)*. Una corriente prácticamente simultánea, si bien extensiva a muchas otras disciplinas artísticas, fue la del modernismo. Alejada de la estética romántica y más comprometida con los ámbitos urbanos y su propio tiempo, esta escuela tuvo su representante más emblemático en Charles Baudelaire y su colección *Las flores del mal*. Dedicada a Gautier, esta obra, que vio su primera publicación en 1857 pero en cuyas sucesivas reediciones Baudelaire siguió añadiendo poemas hasta 1868, enfrentó la censura de seis de sus piezas, entre ellas, «Les Métamorphoses du Vampire» *(Las metamorfosis del vampiro)*, y se transformó en una influencia ineludible para toda la posterior poesía europea. Entre sus restantes contenidos es posible destacar obras como «L'Albatros» *(El albatros)*, «Tristesses de la lune» *(Tristezas de la luna)*, «Le Mort joyeux» *(El muerto gozoso)*, «Spleen» y «Les Litanies de Satan» *(Las letanías de Satán)*. Baudelaire popularizó también el arte de la poesía en prosa, género en el que resultó no menos influyente. De 1868, por ejemplo, son los poemas en prosa de *Los cantos de Maldoror*, del conde de Lautréamont, obra cuyas páginas llevaban toda la tenebrosidad romántica al extremo y que se anticiparía a la escuela surrealista. Otra corriente literaria que abrevó en *Las flores del mal*, y que surgió como una reacción contra el realismo y el naturalismo que dominaban en la prosa francesa de la época, fue la del simbolismo. Entre sus autores más destacados estuvieron Arthur Rimbaud, Paul Verlaine, el belga Maurice Maeterlinck y Stéphane Mallarmé, cuyo hermético *L'Après-midi d'un faune (La siesta de un fauno)*, de 1876, obra que inspiraría el célebre preludio sinfónico de Claude Debussy, ofrece una excelente muestra del ininteligible cúmulo de símbolos, alegorías y metáforas que distinguieron a este movimiento. Una respuesta aún más virulenta contra el naturalismo se dio en la corriente decadentista, que se caracterizó tanto por su gusto por la artificialidad estética y el refinamiento retórico como por su desprecio por lo mundano y lo vulgar. Si bien el mayor autor francés de este movimiento fue sin duda el novelista Joris-Karl Huysmans, que publicó sus obras maestras *À rebours* en 1884 y *Là-bas* en 1891, un gran exponente del decadentismo poético lo constituye Maurice Rollinat, que alcanzó su cumbre en la colección *Les Névroses (Las neurosis)*, obra de 1883 que, además de mostrar una enorme influencia de Baudelaire, se solazaba en intoxicantes imágenes de oscuridad y de horror, todo lo cual puede advertirse en piezas de la talla de «La Morte embaumée» *(La muerta embalsamada)*, «La Pluie» *(La lluvia)*, «L'Étang» *(El estanque)* y «L'Amante macabre» *(La amante macabra)*.

Pero todas estas corrientes, que tuvieron en Francia su mayor epicentro, marcaban a su modo el fin del Romanticismo y abrían ya paso al arte moderno. No hace falta decir que, dados los límites de la extensión de este volumen, la cantidad de obras, autores, escuelas y países que han quedado fuera tanto de este prólogo como de la selección poética sería difícil de enumerar, pero se ha aspirado modestamente a poner al alcance del público un interesante recorrido que, incluyendo tanto muestras de poesía prerromántica como posromántica, llevase de la balada alemana al decadentismo francés, sin descuidar la importancia del Romanticismo anglosajón. Quedará en el lector, así pues, la tarea de profundizar en los géneros o nombres de este olvidado y oscuro universo que más reclamen su interés o indagar en las interminables ramificaciones que desde este punto de partida pueden abrirse a la curiosidad y la investigación. Mientras tanto, esperamos que sean de su agrado las pequeñas muestras de horror, tristeza, soledad y morbidez que, con sus lóbregos tonos, tiñen los oscuros versos aquí reunidos.

E. EHRENDOST

Poesía oscura
romántica

Gottfried Bürger

Lenore

En un rojo amanecer despertó Lenore,
sobresaltada por ominosas pesadillas:
«¿Me eres infiel, Wilhelm, o has muerto?
¿Cuánto más se demorará tu regreso?».
Pues él, con el ejército del rey Federico,
había partido a combatir en Praga[1]
y desde entonces nunca había escrito
para dar señales de vida a su amada.

Finalmente, el rey y la emperatriz,
cansados ya de las largas luchas,
ablandaron sus duras posturas
y decidieron sellar por fin la paz;
y ambos ejércitos, entre canciones
y estruendosos clarines y redoblantes,
con verdes laureles ornando sus frentes
comenzaron a regresar a sus hogares.

Al poco tiempo, por todas partes,
a lo largo de los caminos y las calles,
viejos y jóvenes se agolpaban con júbilo
para a los valientes soldados ver llegar.
«¡Gracias a Dios!», decían niños y esposas;
«¡Bienvenido!», muchas felices novias.
¡Ay!, pero la pobre Lenore a nadie pudo
con beso y saludo recibir venturosa.

Recorrió la procesión de punta a punta
preguntando a cada soldado que veía,
pero ni uno solo de todos ellos
pudo de su amado darle noticias.
Cuando el ejército terminó de pasar,
se dejó caer abrumada en el suelo
y, con violentas muestras de enfado,
comenzó a mesarse los cabellos.

---

[1] Las guerras de Silesia, que se sucedieron entre 1740 y 1763, fueron producto de una larga disputa territorial entre Federico II de Prusia y la archiduquesa María Teresa I de Austria. La tercera y última fue, además, parte crucial de la guerra de los Siete Años, y culminó con el Tratado de Hubertusburgo, que dejó la región de Silesia en manos de Prusia. La invasión prusiana de Bohemia y la batalla de Praga tuvieron lugar en el año 1757.

Su madre corrió entonces hacia ella
y entre sus dulces brazos la envolvió:
«¡Oh, por la misericordia de Dios!,
¿qué es lo que sucede, querida hija?».
«¡Oh, madre, madre, él se ha ido,
ya nada en el mundo tiene importancia!
¡No hay en Dios misericordia alguna!
¡Oh, ay de mí, pobre desdichada!».

«¡Ayuda, Dios, ayuda! ¡Muéstranos gracia!
¡Hija, reza ya mismo un padrenuestro!
Todo lo que Dios hace es por nuestro bien.
¡Oh, Señor, Señor, apiádate de nosotras!».
«¡Oh, madre, madre, vano engaño:
Dios no me ha hecho ningún bien a mí!
Ya no tiene sentido ningún padrenuestro:
¿de qué podría mi oración ahora servir?».

«¡Ayuda, Dios, ayuda! Quien a Dios conoce
sabe que él ama a todos sus hijos.
Sin duda el santo sacramento podrá
brindar a tus penas algo de alivio».
«¡Oh, madre, madre, lo que en mí arde
no podrá aliviarlo ningún sacramento!
No existe sacramento alguno que pueda
devolver la vida a los muertos».

«¡Escucha, hija!, ¿acaso no es posible
que, en la lejana Hungría, el traidor
haya renunciado a los sagrados votos
de sus matrimoniales promesas?
¡Déjalo ir, hija, olvida su infiel corazón!
¡Es él quien habrá de perder más!
Cuando su alma se separe de su cuerpo,
en el infierno de los perjuros arderá».

«¡Oh, madre, madre, él se ha ido,
ya todo está perdido para mí!
¡La muerte es lo único que me queda!
¡Oh, quisiera nunca haber nacido!
¡Apágate, mi luz, apágate para siempre!
¡Piérdete en la noche y la horrible nada!
¡No hay en Dios misericordia alguna!
¡Oh, ay de mí, pobre desdichada!».

«¡Ayuda, Dios, ayuda! ¡Que tu juicio
no sea severo sobre tu pobre hija!
¡No confundas su dolor con pecado:
ella no sabe lo que su lengua dice!
¡Oh, hija, olvida tus males terrenos
y piensa en Dios y la bienaventuranza!
De ese modo, la ausencia de tu novio
ya no pesará tanto sobre tu alma».

«¡Oh, madre!, ¿qué es la bienaventuranza?
¡Oh, madre, madre!, ¿qué es el infierno?
¡Con él estaba toda mi bienaventuranza
y sin Wilhelm mi vida es un infierno!
¡Apágate, mi luz, apágate para siempre!
¡Piérdete en la noche y la horrible nada!
¡Sin él no hay nada en todo el mundo
que tenga para mí alguna importancia!».

Así la rabiosa desesperación de Lenore
hacía presa en su corazón y su cerebro,
así sobre la providencia de Dios
descargaba toda clase de reproches,
y así ya en su casa siguió retorciendo
sus manos y golpeándose el pecho
hasta que las doradas estrellas
cubrieron la cúpula del firmamento.

Mas de pronto, ¡oíd!, fuera se escuchan
unos golpes como de cascos de caballo,
y luego tintineos como de un caballero
subiendo los escalones de la entrada.
¡Y oíd, oíd!, el anillo de la aldaba
golpea ahora contra la recia madera,
tras lo cual las siguientes palabras
se escuchan del otro lado de la puerta:

«¡Hola, hola! ¡Ábreme, amada mía!
¿Duermes o sigues despierta, querida?
¿Es todavía tu corazón fiel al mío?
¿Me lloras aún o ríes ya en el olvido?».
«¿Eres tú, Wilhelm, tan tarde en la noche?
¡Ay, con enorme congoja te he llorado
y fiel hasta hoy te he permanecido!
¿Por qué te has demorado tanto?».

«Ensillamos recién a medianoche
y cabalgué hasta aquí desde Bohemia.
Ya mismo conmigo quiero llevarte,
pues me he demorado más de la cuenta».
«¡Ah, Wilhelm, entra rápido a la casa!
El frío viento sopla entre los espinos,
pero aquí entre mis cálidos brazos,
amado, podrás encontrar abrigo».

«Poco importa que entre los espinos
el frío viento sople, amada mía:
mi corcel piafa, mis espuelas resuenan,
no me es posible pasar aquí la noche.
¡Vamos, monta ya mismo detrás de mí
en mi negro corcel así como estás!
Debemos recorrer cien millas aún
para llegar a nuestro lecho nupcial».

«¡Ay!, ¿cien millas quieres cabalgar
para llevarme a nuestro lecho nupcial?
¡Escucha!, las campanas de la iglesia
para dar las once de la noche ya suenan».
«¡Mira!, la luna hoy ilumina brillante,
cabalgaremos rápido como los muertos.
Antes de que la noche termine, créeme,
descansaremos ya en nuestro lecho».

«Dime, ¿dónde está el lecho de bodas?
¿Dónde tienes nuestro nido de amor?».
«Lejos de aquí. Es tranquilo y pequeño:
mide apenas seis tablones por dos».
«¿Habrá lugar para mí?». «¡Para ambos!
¡Vamos, monta ya mismo detrás de mí!
Los invitados a la boda nos esperan
y nuestro nido de amor se abre allí».

La hermosa Lenore entonces montó
en el negro corcel detrás de su amado,
y alrededor de la cintura del jinete
sus blancas manos de lirio pasó.
Y rápido, rápido, entre saltos y saltos,
emprendieron un galope desenfrenado:
caballo y jinete al unísono resoplaban
y chispas y grava volaban a su paso.

Ora a la derecha, ora a la izquierda,
velozmente ante sus ojos desfilaban
matorrales, campos y páramos.
¡Y cómo tronaban los puentes de madera!
«¿Qué te aflige, amada? La luna brilla,
los muertos cabalgan a gran velocidad:
¿acaso los muertos te dan miedo?».
«¡Ay, no, deja a los muertos descansar!».

¿Qué cantos y qué sonidos son esos?
¿Por qué así aletean los cuervos?
¡Oíd!, son campanas y cantos fúnebres:
«Marchamos a enterrar este cuerpo».
Entonces se dibujó una espectral procesión
llevando un ataúd en la oscuridad.
Su triste canto se oía en los pantanos
como la negra profecía de la fatalidad.

«A la medianoche enterrad ese cuerpo
con las campanas y los cantos fúnebres,
mas ahora llevo conmigo a mi esposa,
pues nos esperan en la fiesta de bodas.
¡Ven, sacristán, ven con coro y cadáver
y entonad para mí un canto nupcial!
¡Ven, sacerdote, y danos tu bendición,
pues nos aguarda el lecho matrimonial!».

Campanas y cantos enmudecieron,
el muerto se levantó de su ataúd,
y de inmediato todos marcharon
tras los cascos del negro corcel.
Y rápido, rápido, entre saltos y saltos,
emprendieron un galope desenfrenado:
caballo y jinete al unísono resoplaban
y chispas y grava volaban a su paso.

Ora a la derecha, ora a la izquierda,
desfilaban montañas, árboles y setos;
ora a la derecha, izquierda, derecha,
volaban ciudades, pueblos, aldeas.
«¿Qué te aflige, amada? La luna brilla,
los muertos cabalgan a gran velocidad:
¿acaso los muertos te dan miedo?».
«¡Ay, no, deja a los muertos descansar!».

¡Mirad, mirad!, en el tribunal superior,
apenas visible bajo la tenue luz lunar,
alrededor del alto eje de una rueda
baila una nutrida ronda espectral.
«¡Venid, ejecutados, venid todos aquí
y bailad para mí una danza nupcial!
¡Venid, ejecutados, venid y seguidme,
pues nos aguarda el lecho matrimonial!».

La ronda enmudeció a su llamado
y comenzó de inmediato a seguirlo
como viento que sopla entre avellanos
y arranca a las secas hojas chasquidos.
Y rápido, rápido, entre saltos y saltos,
emprendieron un galope desenfrenado:
caballo y jinete al unísono resoplaban
y chispas y grava volaban a su paso.

Y volaron bajo la luz de la luna,
volaron a través de grandes distancias,
volaron así como las estrellas y el cielo
velozmente sobre sus cabezas pasaban.
«¿Qué te aflige, amada? La luna brilla,
los muertos cabalgan a gran velocidad:
¿acaso los muertos te dan miedo?».
«¡Ay, no, deja a los muertos descansar!».

«¡Corcel, creo que el gallo ya canta
y que la arena del reloj se nos escurre!
¡Corcel, siento ya el aire de la mañana!
¡Corcel, corcel, salta adentro sin más!
¡Terminada está nuestra larga carrera,
ante nosotros se abre el lecho nupcial!
¡Muy rápido cabalgan los muertos:
ya estamos casi allí, a punto de llegar!».

Velozmente hacia una puerta de hierro
a rienda suelta entonces galoparon,
y, adelantándose con un rápido latigazo,
el jinete rompió cerraduras y trabas;
las puertas volaron con un estrépito
y el séquito pasó sobre las tumbas
mientras cruces y lápidas brillaban
bajo la fantasmagórica luz de la luna.

¡Mas ved!, en ese preciso momento
un espantoso portento tuvo lugar:
el jubón del jinete, pedazo a pedazo,
comenzó a caer como yesca quebradiza,
su cabeza perdió cabellos y carne
hasta verse reducida a una calavera
y de su cuerpo sólo quedó un esqueleto
provisto de guadaña y reloj de arena.

El caballo se encabritó salvajemente,
arrojando chispas de fuego alrededor,
y saltó al interior de una fosa abierta
en la cual se hundió y desapareció.
Se oyeron entonces gritos en lo alto
y gemidos en las hondas sepulturas
mientras entre la vida y la muerte
Lenore se debatía allí en la tumba.

Y entonces bajo la claridad lunar,
formando círculos en torno a la fosa,
los espectros comenzaron a danzar
mientras aullaban de esta manera:
«¡Paciencia! Aunque tu corazón se rompa,
con los juicios de Dios nunca combatas.
Has quedado ya libre de tu cuerpo:
¡que Dios se apiade ahora de tu alma!».

El cazador salvaje

El gran señor del Rin sopló su cuerno de caza:
«¡Vamos, vamos, unos a pie, otros a caballo!».
Su feroz corcel se lanzó al galope, relinchando;
sus sirvientes salieron tras él, traqueteando;
y libres de ataduras, por entre espino y maíz,
rastrojo y matorral, ruidosamente avanzaron.

Los claros rayos de la mañana del domingo
brillaban sobre la alta cúpula de la iglesia
mientras, con un sonido hueco y poderoso,
las severas campanas convocaban a la misa:
de lejos podían oírse los hermosos cantos
de la multitudinaria y devota feligresía.

Velozmente siguió cabalgando el conde
a través de los caminos y las encrucijadas,
cuando, ¡ved!, por izquierda y por derecha
se unieron a su partida dos caballeros.
El caballo de la derecha tenía un brillo plateado;
el de la izquierda mostraba un tinte de fuego.

¿Quiénes eran estos dos jinetes extraños?
Puedo sospecharlo, pero no me atrevo a decirlo.
Afable se veía el caballero de la derecha,
de rostro suave y delicado como la primavera;
mientras que el rubio caballero de la izquierda
parecía lanzar por sus ojos rayos de tormenta.

«¡Bienvenido, llegas en el momento justo!
¡Bienvenido al noble ejercicio de la caza!
No existe en todo el Cielo y toda la Tierra
una actividad más placentera que esta»,
gritó golpeándose la cadera y arrojando
con júbilo su sombrero al aire el de la izquierda.

«Tu cuerno de caza no tiene hoy buen sonido
—dijo el de la derecha con dulces acentos—.
A las campanas de celebración y los coros
deberías regresar: nada bueno hoy te espera.
Escucha la advertencia del ángel bueno
y no dejes que el mal haga de ti su presa».

«¡A la caza, a la caza, mi noble señor!
—intervino de inmediato el de la izquierda—.
¿Qué campanas de celebración? ¿Qué coros?
¡Que el placer de la caza infle tu pecho!
Déjame enseñarte lo que es digno de señores
y no dejes que te engañen para privarte de ello».

«¡Ja! ¡Muy bien dicho, hombre de la izquierda!
Has defendido como un héroe mis propias ideas.
¡Que aquel que no esté hecho para esto
vaya sumisamente a rezar sus padrenuestros!
¡Que ningún mojigato religioso me moleste,
pues hoy quiero dar rienda suelta a mis deseos!».

Y con un aire ufano siguió cabalgando,
ora por las colinas, ora por los campos,
mientras, a su izquierda y a su derecha,
aún seguían su marcha ambos caballeros,
hasta que por fin a lo lejos vio aparecer
un hermoso ciervo blanco de enormes cuernos.

Con más fuerza sopló su cuerno el conde
y con más velocidad todos le siguieron.
¡Mas ved!, bajo los cascos de los caballos
uno de su séquito de sirvientes cayó muerto.
«¡Vamos a caer! ¡Vamos a caer en el Infierno!
¡No hay que consentir a los señores sus deseos!».

La presa se internó en un campo de maíz,
esperando encontrar allí un seguro refugio.
¡Mas ved!, un pobre campesino entonces salió
con lamentable aspecto al encuentro del conde.
«¡Ten piedad, querido señor, ten piedad!
¡No pisotees el amargo sudor de los pobres!».

El jinete de la derecha se adelantó de un salto
y advirtió al conde con dulzura y prudencia,
pero el jinete de la izquierda lo apremió
a seguir adelante con su salvaje carrera.
El conde despreció los consejos de la derecha
y se dejó atrapar por los ardides de la izquierda.

«¡Fuera del camino, perro! —gritó terriblemente
el airado conde a aquel pobre labriego—,
¡o por el diablo que verás lo que es bueno!
¡Eh, aquí, sirvientes, dejen todo y vengan!
¡Como muestra de que he dicho la verdad,
háganle restallar sus látigos en las orejas!».

¡Dicho y hecho! El noble señor se lanzó
a toda velocidad sobre las plantaciones,
y tras él, con estruendoso traqueteo,
siguieron sus sabuesos, hombres y caballos;
y sabuesos, hombres y caballos pisotearon
los tallos que todo aquel campo había dado.

La presa, acuciada por el ruido cercano,
ora por las colinas, ora por los campos,
atormentada, perseguida pero no alcanzada,
se dirigió velozmente a unos verdes prados
y allí se mezcló, para pasar desapercibida,
inteligentemente entre los mansos rebaños.

Pero de acá para allá, por campos y bosques,
y de allá para acá, por bosques y campos,
seguían su rastro los veloces sabuesos
olfateando el suelo en busca de su olor;
entonces el pastor, temeroso por su rebaño,
a los pies del conde de rodillas se hincó.

«¡Ten piedad, querido señor, ten piedad!
¡Deja al pobre ganado tranquilo y en paz!
¡Considera que pacen aquí numerosas vacas,
pertenecientes a viudas y huérfanos por igual,
que el único alivio para su pobreza son!
¡Ten piedad, querido señor, ten piedad!».

El jinete de la derecha se adelantó de un salto
y advirtió al conde con dulzura y prudencia,
pero el jinete de la izquierda lo apremió
a seguir adelante con su salvaje carrera.
El conde despreció los consejos de la derecha
y se dejó atrapar por los ardides de la izquierda.

«¡Perro atrevido, no te me interpongas!
¡Ja!, si hasta haces una mejor vaca tú
que todas las que pacen a tu alrededor
y que las brujas a las que pertenecen.
Nada complacería más a mi corazón ahora
que enviarte al otro mundo, como mereces.

»¡Eh, aquí, sirvientes, dejen todo y vengan!
¡Vamos! ¡Adelante! ¡Atrapen a esas presas!».
Y cada sabueso se arrojó de inmediato
sobre lo primero que ante sus ojos se cruzó;
chorreando sangre cayó el pastor al suelo,
y cabeza tras cabeza su rebaño le siguió.

Escapando a duras penas de esa furia asesina,
el ciervo siguió huyendo con paso más débil.
Salpicado de sangre y cubierto de espuma,
en la noche del bosque entonces se adentró
y encontró escondite en medio de la foresta,
en la choza de un eremita consagrado a Dios.

Y sin descanso entre el restallar de los látigos,
las voces del conde y el sonido de su cuerno,
siguió avanzando aquel salvaje enjambre
y se internó en el bosque en pos de su presa.
Entonces se les acercó con dulces acentos
el piadoso eremita frente a su humilde vivienda.

«¡Abandonad, hijos, abandonad este rastro!
¡No profanéis el santuario de nuestro Señor!
Al Cielo gime la desesperada criatura
exigiendo a Dios el castigo de su justicia divina.
¡Por última vez, escuchad mi advertencia,
o de lo contrario labraréis vuestra propia ruina!».

El jinete de la derecha se adelantó de un salto
y advirtió al conde con dulzura y prudencia,
pero el jinete de la izquierda lo apremió
a seguir adelante con su salvaje carrera.
Mas, ¡ay!, él despreció los consejos de la derecha
y se dejó atrapar por los ardides de la izquierda.

«¡Fatalidades por acá, fatalidades por allá!
—exclamó el conde—. Nada de eso me asusta.
Y, aun si estuviese ahora en el mismo Infierno,
todo ello seguiría sin importarme un bledo.
¡Por mí pueden enojarse tú y tu Dios, necio,
pues hoy quiero dar rienda suelta a mis deseos!».

Hizo restallar su látigo y sopló su cuerno:
«¡Eh, aquí, sirvientes, dejen todo y vengan!».
Mas entonces desaparecieron eremita y choza,
y hombres y caballos se desvanecieron detrás;
los sonidos de sabuesos y cascos huyeron
y todo quedó sumido en un silencio sepulcral.

Atónito miró el conde a su alrededor;
sopló su cuerno, pero este no produjo sonido;
sacudió su látigo en el aire, pero este no restalló;
llamó, pero no logró escuchar su propia voz;
espoleó a su feroz corcel en ambos flancos,
pero este ni para atrás ni para adelante se movió.

De pronto, todo se oscureció a su alrededor
y se puso tan negro como una tumba,
y un rugido como de un torrente lejano
se escuchó muy por encima de su cabeza
mientras un juez con una voz de trueno
lo llamaba con la furia de la tormenta:

«¡Tú, desvergonzado, diabólica criatura,
osado contra Dios, los animales y el hombre!
Las súplicas y los lamentos de tu presa,
junto con tu aviesa maldad y tu saña,
han llegado clamando a la alta corte
donde arde la antorcha de la venganza.

»¡Huye, monstruo, huye, pues serás ahora,
y por todo el resto de la larga eternidad,
perseguido por el Infierno y sus demonios
como ejemplo para los futuros señores
que, para satisfacer sus perversas inclinaciones,
ni al Creador ni a sus criaturas perdonen!».

Un súbito resplandor amarillo sulfuroso
tiñó entonces las oscuras hojas del bosque.
El miedo congeló los nervios del conde
y petrificó cada uno de sus miembros,
un gélido horror sopló contra su rostro
y frías gotas de sudor resbalaron por su cuello.

El gélido horror sopló, el clima se precipitó,
y de las entrañas de la tierra ante él surgió
un negro puño de gigantes proporciones;
la garra se estiró hacia él a fin de atraparlo,
intentó envolverlo como en un torbellino,
y el conde atinó a huir mirando atrás aterrado.

Llamas parpadeaban y brillaban a su paso
con fulgores rojos, amarillos y azules,
un océano de fuego lo rodeó por completo,
y pronto un enjambre de negros sabuesos
y de espantosos demonios se lanzó tras él,
vomitado desde las fauces mismas del Infierno.

Y desde entonces huye por bosques y campos,
huye sin parar aullando súplicas y lamentos,
pero sin descanso a través de todo el mundo
entre ladridos lo persigue el Infierno entero,
de día por las hondas hendiduras de la tierra,
de noche por las altas planicies del cielo.

Con el rostro siempre vuelto hacia atrás,
tan velozmente como el viento lo empuja,
él debe ver a los demonios que lo persiguen,
ferozmente azuzados por un espíritu maligno
de centelleantes ojos y caballo color fuego,
mientras los sabuesos muerden sus tobillos.

Este es el ejército de la cacería salvaje,
que durará hasta el día del juicio final
y que a menudo el viajero rezagado escucha
en medio de la noche mientras lo invade el terror,
como bien, si no prefiriesen guardar silencio,
podría atestiguarlo la boca de más de un cazador.

J. W. von Goethe

El rey de los elfos

¿Quién cabalga tan tarde a través de la noche y el viento?
Es tan sólo un padre llevando a su hijo pequeño;
sujeta al niño delante de sí con uno de sus brazos,
asiéndolo firmemente, manteniéndolo cálido.

«Hijo mío, ¿por qué ocultas tu rostro con miedo?».
«¿Es que no ves tú allí, padre mío, al rey de los elfos,
al gran rey de los elfos, con su corona y con su séquito?».
«Hijo mío, es sólo la niebla, que repta entre los abetos».

«¡Oh, tú, niño amado, ven, ven conmigo,
jugaré un montón de juegos hermosos contigo!
Hay flores de muchos colores en mis prados
y mi madre te obsequiará bellos atavíos dorados».

«¿Y no puedes tú oír, oh, padre, oh, padre mío,
lo que el gran rey de los elfos promete a mis oídos?».
«Niño mío, cálmate ya, y mantener esa calma procura:
es sólo el viento, que entre las hojas secas susurra».

«¿Me seguirás, pues, dulce niño, a mi hermoso bosque?
Mis hijas habrán de aguardarte allí con grandes honores:
ellas serán las conductoras del nocturno séquito
y cantarán y danzarán y te arrullarán hasta el sueño».

«¿Y no puedes tú ver, oh, padre, oh, padre mío,
a las hijas del rey elfo en aquel paraje sombrío?».
«Pequeño hijo, pequeño hijo, lo veo todo muy claro:
son sólo viejos sauces, que se mecen en tonos grisáceos».

«Te amo, he sido cautivado por tu figura tan bella;
puesto que no vienes por gusto, te llevaré por la fuerza».
«¡Padre mío, padre mío, ya me está él tomando!
¡El gran rey de los elfos me está haciendo daño!».

El padre se estremece y cabalgando velozmente sigue,
aferrando aún con más fuerza a su hijo que gime;
finalmente llega al palacio, con gran pesar y fatiga,
y allí entre sus brazos encuentra a su hijo sin vida.

El pescador

El agua rugía, las olas saltaban,
y al borde se sentaba un pescador
mirando tranquilamente su caña
con frío e impasible corazón.
Mientras así sentado vigilaba,
la marea de pronto se dividió
y de aquellas aguas agitadas
una mujer empapada emergió.

Cantando entonces ella le dijo:
«¿Por qué a mis hijos atraes
con esos humanos artificios
para ardiente muerte darles?
¡Ah, si supieras cuánto gozan
estando en la profundidad,
tú también bajarías ahora
y conocerías la felicidad!

»¿Acaso el sol no se refresca,
al igual que la luna, en el mar?
¿Acaso no duplican su belleza
cuando en las olas bañan su faz?
¿Y el profundo cielo no te atrae,
su azul húmedo y transfigurado?
¿Y no te tienta ver tu semblante
en el rocío eterno reflejado?».

El agua rugió, las olas saltaron
y mojaron sus descalzos pies;
de deseo se vio de pronto inflamado
como al saludo de amada mujer.
Cantando ella le había hablado
y todo había terminado para él:
en parte solo y por ella empujado,
se sumergió y no se lo volvió a ver.

La novia de Corinto

A Corinto proveniente de Atenas llegó
un joven; aunque aún allí desconocido,
por un ciudadano esperaba ser recibido,
un anciano señor con quien su padre
mucho tiempo atrás
a hija e hijo
como novia y novio se habían prometido.

Pero ¿será aquel pacto aún bienvenido
si el precio a pagar resulta muy alto?
Él y su familia todavía son paganos
y la novia es ya cristiana bautizada.
Las nuevas creencias
a amor y fidelidad
a menudo como malas hierbas arrancan.

En la casa ya todos están descansando,
padre e hijas, sólo la madre aún vela;
solícita recibe ella al joven invitado
y lo conduce a un cuarto iluminado.
Vino y comida le sirve,
sin que él lo pida,
y deseándole las buenas noches se retira.

Pero, pese a ser manjares selectos,
no despiertan su apetito: el cansancio
le hace olvidar comida y bebida,
y vestido se deja caer en el lecho.
Ya está por dormirse
cuando un intruso
por la puerta abierta se desliza.

A la mortecina luz de la lámpara,
ve a una doncella inmóvil en el cuarto;
en blancos velos se encuentra envuelta
y ciñen su frente cintas aurinegras.
Al verse sorprendida,
se muestra asustada
y ante él una pálida mano levanta.

«¿Soy acaso una extraña en esta casa,
que nada me dicen sobre un invitado?
¡Ay, así es como me tienen en mi celda,
y así ahora me alcanza la vergüenza!
Quédate en el lecho
y sigue descansando:
me iré tan pronto como he llegado».

«¡Oh, no partas, hermosa doncella!,
—grita el joven, saltando de su lecho—.
Tengo aquí las ofrendas de Ceres y Baco,
y tú, bella criatura, las de Cupido traes.[1]
¡Estás pálida de terror!
Ven, amor, tomemos asiento
y los dones de los dioses degustemos».

«¡Oh, no, joven, no te me acerques!
Vedada tengo yo toda clase de alegría;
de los placeres nunca podré gozar.
Estando enferma, mi buena madre
hizo un voto de curación
y mi juventud y naturaleza
al Cielo en esa aciaga hora prometió.

»El colorido séquito de los antiguos dioses
ha sido ya expulsado de nuestro hogar.
Sólo adoramos a uno invisible en el Cielo
y a un salvador muerto en una cruz.
No hay aquí sacrificios
de toros o corderos:
sólo sacrificios humanos les hacemos».

Pregunta él, tras meditar esas palabras,
ninguna de las cuales a su mente escapa:
«¿Es posible que, en este tranquilo lugar,
frente a mí tenga a mi adorada novia?
¡Sé mía ahora!
El paterno juramento
ha de contar con la bendición del Cielo».

---

[1] Ceres, Baco y Cupido (Deméter, Dioniso y Eros entre los griegos) eran, respectivamente, los dioses de las cosechas, el vino y el deseo amoroso.

«¡Oh, no me toques, gentil forastero!
Estás prometido a mi segunda hermana
y yo lo estoy a los tormentos del convento.
¡Ay! Piensa en mí al estar en sus brazos
y yo en ti pensaré,
con amorosa desdicha,
hasta que la tierra en breve me reciba».

«¡No! Por esta llama, juro ahora cumplir
contigo la matrimonial promesa paterna.
No renunciarás ni a mí ni a los placeres,
y conmigo a mi casa te llevaré a vivir.
¡Quédate aquí!
¡Celebremos ahora
nuestra inesperada noche de bodas!».

Intercambian, pues, prendas de fidelidad:
ella le entrega una cadena dorada
y él le obsequia una copa de plata,
un trabajo de orfebrería sin igual.
«Esto no es para mí;
en lugar de ello,
un simple rizo de tus cabellos bastará».

La hora de las brujas suena entonces,
y ella de pronto parece estar mejor.
Con su pálida boca sorbe gustosa
el oscuro vino de sangriento color;
pero del blanco pan
que él le ofrece
ni un solo bocado accede a probar.

Le extiende la copa llena al joven, quien,
como ella, bebe con apresurada avidez.
El amor comienza pronto a inflamarlo,
llenando de deseo su pobre corazón;
mas ella se resiste
a sus súplicas,
y en el lecho se hunde él con dolor.

Se acerca ella y se inclina sobre él:
«¡Ay, mucho me apena verte sufrir así!
Pero, si me tocases, te estremecerías
al descubrir lo que ha callado mi boca:
blanca como la nieve
y fría como el hielo
es aquella que has elegido por esposa».

Rodea él su cintura con fuertes brazos,
invadido por fogoso y juvenil ardor:
«¡Mi deseo sería capaz de darte calor
aun si de la tumba te hubieses levantado!
¡Intercambiemos besos!
¡Amemos en abundancia!
¿No te quemas al sentirme así en llamas?».

El deseo los funde en profundo abrazo,
sus lágrimas se mezclan con su pasión;
ella bebe con deleite las llamas de su boca;
de nada son conscientes salvo de su amor.
La lujuria del joven
su gélida sangre calienta,
¡pero ningún corazón late en el pecho de ella!

Mientras tanto, por el pasillo se desliza
la madre, que, desvelada, recorre la casa.
Se detiene junto a la puerta para escuchar
los extraños sonidos que de allí surgen:
gemidos y suspiros
de dos amantes
llevados por el frenesí del amoroso trance.

Pegada inmóvil a la puerta permanece,
pues necesita estar segura del todo,
y oye así encendidos votos de amor
y palabras de felicidad y adoración:
«¡El gallo canta! ¡Silencio!
¿Volverás mañana?»,
todo dicho entre beso y beso.

La madre ya no puede contener su ira
y abre la harto conocida cerradura.
«¿Hay en esta casa tales prostitutas
que así a un extranjero se entregan?»,
desde la puerta grita.
A la luz de la lámpara ve...
¡oh, Dios!, ¡no es sino su propia hija!

Aterrado, el joven primero intenta
cubrir a la muchacha con sus velos
y con un tapiz que a mano encuentra,
pero ella se aparta de él, dejándose ver
con aire violento,
y entonces comienza
a levantarse lentamente del lecho.

Con cavernosa voz dice: «Madre, madre,
¿así me arruinas esta hermosa velada?
¿Así me arrancas de este cálido nido
para a la desesperación despertarme?
¿Acaso no te ha alcanzado
con tan temprano
en un sudario a la tumba haberme llevado?

»Temible es la irresistible fuerza
que aquí me ha traído desde el sepulcro.
Los cantos y plegarias de tus sacerdotes
no tienen sobre mí poder alguno:
nada pueden el agua y la sal
contra la juventud,
así como no puede la tierra mi pasión enfriar.

»Este joven me fue prometido cuando aún
los templos de Venus aquí se levantaban.
¡Madre, has faltado a aquella palabra
porque un voto absurdo y extraño te ató!
Mas ningún dios escucha
cuando una madre
arruinar la vida de su propia hija jura.

»Abandoné mi tumba para reclamar
el destino que me fue arrebatado,
para amar a aquel que me fue prometido
y para saciarme en la sangre de su corazón.
Cuando termine con él,
tendré que buscar
otros jóvenes en los cuales extinguir mi sed.

»Bello extranjero, no vivirás mucho más:
te estás consumiendo ahí donde estás.
Yo te he entregado mi dorada cadena:
conmigo tu rizo ahora me he de llevar.
¡Míralo bien!
Pronto encanecerás
y sólo en él tu color castaño se conservará.

»Escucha ahora, madre, mi último deseo:
manda a levantar una pira funeraria,
abre mi humilde tumba una vez más
y a las llamas entrega nuestros cuerpos.
Cuando las chispas vuelen
y las cenizas brillen,
hacia los antiguos dioses ascenderemos».

Danza macabra

A medianoche, el guarda de la torre
observa las tumbas debajo esparcidas;
la luna lo baña todo con su claridad
y el cementerio se ve como si fuese de día.
Entonces una tumba se abre, luego otra,
y hombres y mujeres aquí y allí se levantan
envueltos en largas y blancas mortajas.

En busca de deleite, entregan ansiosos
sus huesos a las rondas y las zarabandas
tanto viejos como jóvenes, ricos como pobres,
pero las mortajas entorpecen sus danzas.
No habiendo para la vergüenza ya razón,
se sacuden entonces de encima sus sudarios,
que caen sobre las tumbas en gran confusión.

Piernas se elevan, muslos se zarandean,
por doquier cunden cabriolas fantásticas;
se escuchan traqueteos y repiqueteos
como si castañuelas el ritmo marcaran.
El guarda observa todo aquello asombrado
y el malicioso Tentador le susurra al oído:
«¡Ve y toma uno de aquellos sudarios!».

¡Dicho y hecho! El guarda corre a refugiarse
de nuevo tras las puertas sagradas.
La luna sigue derramando su claridad
sobre toda aquella espeluznante danza.
Mas uno a uno los bailarines se retiran,
desapareciendo tras tomar sus mortajas,
y pronto todos bajo el césped descansan.

Todos salvo uno, que aún allí deambula
hurgando y tanteando entre las tumbas;
pero no es otro muerto quien lo ha despojado,
y pronto en el aire olfatea su perdido sudario.
Contra las puertas embiste, mas es repelido,
para fortuna del guarda, pues benditas están
y decoradas con brillantes y pulidos crucifijos.

No podrá descansar sin su mortaja
y no tiene ya mucho tiempo para pensar:
se aferra entonces a los góticos ornamentos
y de adorno en adorno comienza a trepar.
¡La suerte del pobre vigía está echada!
De relieve en relieve el muerto asciende
por la torre cual araña de largas patas.

El guarda tiembla, el guarda palidece,
intenta entonces devolver el sudario,
pero este (¡ya nada podrá salvarlo!)
en una punta de hierro queda enganchado.
Mas entonces la luna se oculta de pronto,
la campana da con gran estruendo la una,
y el esqueleto cae y queda hecho polvo.

J. W. VON GOETHE

Ludwig Tieck

Melancolía

La noche era negra, oscuras estrellas ardían
a través de pálidos y opacos velos de nubes,
el corredor atravesaba el reino de los espíritus,
cuando el hostil Destino me empujó hacia abajo
e inclementes dioses me arrojaron a la vida.

El búho me cantó espantosas canciones de cuna
y me chilló, en medio del quieto silencio,
un tétrico y espeluznante: «¡Bienvenido!».
La pálida Aflicción y la Tristeza descendieron,
me saludaron como a un hermano añorado

y, a la hora de las brujas, la Aflicción me dijo:
«Estás destinado al más amargo tormento;
serás víctima de un impiadoso destino.
Los arcos están tensados y cada nueva hora
infligirá cruelmente en ti sangrientas heridas.

»Todos los placeres humanos huirán de ti
y nadie te hablará con amistosos acentos.
Caminarás por una senda rocosa y desolada,
entre acantilados despojados de toda flor
y bajo los más ardientes rayos del sol.

»El amor, que cunde por toda la creación,
refugio de todo dolor y sufrimiento,
flor de todas las alegrías humanas,
que lleva a todo corazón al más alto cielo
y que ofrece a la sed un sagrado manantial,

»ese amor te estará por siempre vedado.
La puerta ha quedado cerrada detrás de ti.
Los caballos salvajes de la desesperación
te perseguirán a través de toda tu triste vida,
en la que ninguna alegría se atreverá a seguirte.

»Entonces volverás a caer en la noche eterna;
verás miles de miserias dirigidas contra ti,
tu existencia no te producirá sino dolor,
y recién la apagada mirada de la Muerte te dará
la misericordia de una primera felicidad».

Clemens Brentano

Lorelei

En Bacharach, junto al Rin,
moraba antaño una hechicera.
Era muy hermosa, y había roto
muchos corazones su belleza.

Arrastraba a todo caballero
a la vergüenza y al dolor:
no había rescate para quien caía
en las garras de su amor.

El obispo la llamó para poner
fin a esa espiritual violencia,
mas terminó perdonándola
al descubrir que era tan bella.

Con piadosos acentos le dijo:
«¡Pobre Lorelei! Dime, hija mía,
¿quién te ha obligado a realizar
esas malignas hechicerías?».

«Señor obispo, déjeme morir,
de la vida estoy ya cansada,
pues perece todo aquel
que contempla mi mirada.

»Mis ojos son dos llamas,
mi brazo es una vara mágica.
¡Oh, arrójeme a las llamas!
¡Oh, quiebre esa vara mágica!».

«No puedo al fuego condenarte
en tanto no me digas la razón
de por qué entre esas llamas
arde ya mi pobre corazón.

»Ni puedo romper tu vara,
¡oh, hermosa Lorelei!,
pues al hacerlo rompería
mi pobre corazón también».

«Señor obispo, no se burle
de mí de manera tan malvada,
y pida a Dios que tenga
misericordia de mi alma.

»Ya no quiero vivir más;
del amor me he despedido.
Deme por fin la muerte,
pues para eso he venido.

»Mi amado me abandonó,
traicionando mi confianza,
y se marchó lejos de aquí,
a vivir en tierras extrañas.

»Ojos tiernos y salvajes,
mejillas rojas y blancas,
palabras dulces y suaves:
en ello consiste toda mi magia.

»Yo misma soy mi víctima:
en dos mi corazón se parte,
y deseo perecer de dolor,
cuando veo mi propia imagen.

»Deje que se haga justicia
y deme una muerte cristiana,
pues ya nada tiene sentido
desde que he sido abandonada».

A tres caballeros llamó él:
«Llévenla a su convento.
¡Ve, Lorelei! Consagra a Dios
tu alma sin consuelo.

»Toma los hábitos de monja,
vístete de blanco y negro,
y prepárate en la tierra
para tu destino eterno».

Al convento cabalgaron
entonces los tres caballeros
con la hermosa Lorelei
cabizbaja en medio de ellos.

«Oh, caballeros, permítanme
subir a esa roca elevada:
quiero al castillo de mi amado
echar una última mirada.

»Quiero ver por última vez
el Rin y sus hermosas ondas,
y luego iré al convento
para de Dios ser virgen novia».

Muy empinada era la roca,
su pared era muy escarpada,
sin embargo ella la escaló
hasta su cumbre más alta.

Los tres caballeros ataron
sus caballos en el valle debajo
y comenzaron a escalar
también hasta lo más elevado.

Dijo entonces la doncella:
«Allí en el Rin veo un barco:
quien viene a bordo de él
tiene que ser mi amado.

»Mi corazón estalla de alegría:
¡allí viene sin duda mi amor!».
Entonces se inclinó en la roca
y a las aguas del Rin se precipitó.

Incapaces de descender,
los caballeros también murieron,
sin sacerdote para sus almas
y sin tumba para sus cuerpos.

¿Quién cantaba esta canción?
Un piloto del Rin, un barquero
cuyo canto resonaba siempre
en la Roca de los Tres Caballeros:

    «¡Lorelei!
    ¡Lorelei!
    ¡Lorelei!»,
como si lo repitiesen ellos tres.

Adelbert von Chamisso

Deja descansar a los muertos

Unas viejas ruinas se yerguen
en medio de la noche del bosque,
donde antaño castillos y monasterios
se elevaron en glorioso esplendor.

Sus frías profundidades esconden
largas hileras de piedras labradas;
allí reposan los devotos, los fuertes
y los poderosos de épocas pasadas.

¿Qué te trae en las horas nocturnas
a perturbar estos vestigios añosos?
No hallarás entre estas tumbas
mucho más que huesos y polvo.

¡Ah, impotente hijo de la hora,
lo que ves es el curso del tiempo!
Deja descansar a los muertos:
no los revivirás con tus lamentos.

La moribunda

Las campanas doblan en la torre,
la Muerte llama, una tumba bosteza:
¡acudid ya a rezar, pecadores,
pues similar destino os espera!

Una hermosa mujer agoniza,
se lamenta por su joven cuerpo,
llora por sus pecaminosas pasiones,
crispa sus manos, golpea su pecho.

Su esposo aguarda su partida,
observa sus tormentos con frialdad;
ella de dolor a sus pies se retuerce
y en esa fatal hora rompe a hablar:

«Perdóname, Dios, en tu misericordia,
y perdona, marido, mi transgresión;
con amargo remordimiento deploro
a mis votos haber hecho traición».

«La confianza con confianza se paga:
ya que mi deshonra me confías,
yo a ti en tu agonía te revelo
que fui quien envenenó tu comida».

Joseph von Eichendorff

Diálogo en el bosque

«Cae la noche, se está poniendo fresco,
¿por qué cabalgas por el bosque así sola?
El camino es largo y no tienes compañía,
¡yo te llevaré a tu casa, hermosa novia!».

«Grande es la malicia de los hombres,
el dolor ha roto mi ultrajado corazón,
el cuerno de caza resuena aquí y allí,
¡oh, huye!, pues no sabes quién soy yo».

«Tan ricos adornos hay en ti y tu corcel,
tan increíblemente bella es tu joven figura,
que ahora te reconozco: ¡Dios me proteja!
¡Tú no eres sino Lorelei, la infame bruja!».

«Bien me conoces: desde su alta roca,
mi castillo mira silencioso al río Rin.
Cae la noche, se está poniendo fresco,
¡y de este bosque no volverás a salir!».

La noche

Qué hermoso es pasar soñando
la noche en los bosques silenciosos
cuando, entre las oscuras arboledas,
los cuentos de hadas aún resuenan.

Las montañas bajo la luz lunar
parecen estar meditando,
y entre los enmarañados matorrales
los arroyos serpentean sollozando.

Con fatigados pasos por el prado
la niña a su lugar de descanso acude,
donde, con frescas sombras,
la noche amorosamente la cubre.

Surge un quejumbroso lamento
en la serena quietud del bosque:
son los ruiseñores, que cantarán
sobre la durmiente toda la noche.

Las estrellas salen y se ponen;
¿cuándo vendrás, brisa matinal,
a levantar por fin las sombras
que arropan a esa pequeña soñadora?

Los árboles empiezan a agitarse
y la alondra despertará ya pronto;
así querría yo pasar soñando
la noche en los bosques silenciosos.

Wilhelm Müller

Soledad

Como una nube sombría
que atraviesa un cielo radiante
cuando las copas de los árboles
son mecidas por brisas suaves,

así avanzo en mi camino,
con vacilantes y lentos pasos,
en medio de alegre y feliz vida,
solitario y por todos ignorado.

¡Ay, que el aire esté tan calmo!
¡Ay, que el mundo se vea tan brillante!
Cuando aún arreciaban las tormentas
yo no me sentía tan miserable.

El cuervo

Un cuervo iba conmigo
cuando abandoné la aldea;
de un lado a otro me seguía,
volando sobre mi cabeza.

Cuervo, extraña criatura,
¿es que no quieres dejarme?,
¿o acaso tienes la esperanza
de hacer presa en mi cadáver?

Bueno, el camino que nos queda
a mí y mi cayado no es ya mucho:
¡permíteme por fin ver, cuervo,
fidelidad hasta el sepulcro!

Heinrich Heine

Lorelei

No sé cuál es la razón, si una hay,
por la que tan triste me encuentro,
pero no puedo sacar de mi mente
una leyenda de los viejos tiempos.

El aire está fresco mientras anochece,
el Rin fluye con aguas tranquilas,
y el pico de la montaña resplandece
bajo las últimas luces del día.

Una doncella se sienta allí en lo alto,
una criatura de maravillosa belleza;
sus doradas alhajas fulguran
mientras sus dorados cabellos peina.

Se peina con un peine dorado
y una canción empieza a cantar;
mas existe un diabólico poder
en esa melodía tan singular.

El barquero que cruza el río
escucha la canción hechizado;
no mira ya los rocosos arrecifes,
sino que mira hacia lo alto.

Las profundas aguas pronto devoran
la nave de ese pobre barquero;
la canción de Lorelei ha hecho
de las espumosas olas su féretro.

El doble

La noche está tranquila, las calles descansan,
en esta casa solía vivir mi antigua amada;
hace tiempo que ella ha abandonado la ciudad,
pero la casa aún perdura en el mismo lugar.

Un hombre hay también allí; mira hacia lo alto
y retuerce sus manos con aspecto angustiado.
Al ver su rostro, me estremezco de horror:
¡la luna revela que somos idénticos los dos!

¡Tú, espectral doble mío, pálido compañero!,
¿por qué imitas los amorosos desvelos
que en este mismo lugar he padecido
durante tantas noches de los tiempos idos?

Eduard Mörike

La sombra

Un ajetreo de sirvientes al amanecer
puebla de luces el castillo del conde.
Los caballeros esperan en las puertas
y su propio corcel por salir se impacienta.

Mas él permanece junto a su mujer,
los dos solos en el salón principal;
con tristes ojos a los de ella mira
al dirigirle sus palabras de despedida:

«¿Permanecerás, mientras esté lejos
camino al santo sepulcro, oh, esposa,
fiel a los sagrados votos del matrimonio
guardando para mí tu cuerpo precioso?

»¿Cerrarás puertas y ventanas
a aquel que tanto nos ha dividido
y serás el orgullo de esta casa,
no inconstante como has sido?».

Asiente ella, a lo que él dice: «¡Júralo!».
Vacilante, Hilde levanta su mano.
Proyectada por las velas observa él
la sombra de su esposa en la pared.

Un escalofrío recorre su espalda;
piensa, suspira y da media vuelta.
La saluda con su mano al partir
y sola en medio del salón la deja.

Once días sobre su caballo marcha
enfermo por tierras extranjeras:
Hilde con él la muerte ha enviado
en una copa de vino envenenado.

En el camino existe una posada,
en un desolado valle, llamada Mutintal;
allí cae víctima de atroz agonía
y al Cielo encomienda su alma.

Esa misma noche, Hilde escucha
y observa desde su alto balcón:
espera por su amante, para quien
sin trabas las puertas dejó.

Se oye un golpe en la puerta exterior,
un solo golpe que hace eco y retumba;
al patio del castillo entra el conde:
el guardia de la torre pronto lo reconoce.

Con horror, oficiales y doncellas
ven entonces a su difunto señor avanzar
por los largos pasillos y escaleras
que al aposento de su esposa llevan.

La oyen entonces gritar y caer,
a lo que sigue un profundo silencio.
Despavoridos, huyen hacia las murallas
bajo las claras estrellas del cielo.

Cuando la noche llega a su fin
y el alba ilumina los bosques,
la encuentran en su aposento,
sin vida a los pies de su lecho.

Y al entrar al salón principal ven
sobre la blanca pared, ¡oh, portento!,
la sombra de Hilde levantando
tres dedos de su mano derecha.

Entierran entonces su cuerpo,
mas la sombra en la pared permanece
hasta que no quedan más que ruinas:
de otro modo, aún hoy allí seguiría.

Los fantasmas de Mummelsee

¿Quiénes bajan del monte a medianoche
con tantas antorchas y esplendor?
¿Acaso habrá un banquete o un baile?
Festivas me suenan sus canciones.
                    ¡Oh, no!
Entonces, dime, ¿quiénes son?

Lo que ves es un cortejo fúnebre
y lo que oyes no son sino lamentos.
El rey brujo es la causa de esa pena:
su cuerpo es lo que traen de vuelta.
                    ¡Oh, ay!
¡Los fantasmas del lago de los muertos!

Flotan por el valle del Mummelsee
y ahora se desplazan sobre las aguas,
sin tocarlas y sin mojarse los pies,
murmurando silenciosas plegarias.
                    ¡Oh, mira!
¡Sobre el féretro llora una dama!

El lago abre su espejada puerta verde:
¡observa cómo por ella ahora se sumergen!
Un tramo de vivas escaleras aparece
y hacia abajo sus cánticos se pierden.
                    ¿Los oyes?
Cantando a su sepulcro descienden.

¡Cómo brillan las aguas bajo los fuegos!
En verdes tonalidades resplandecen;
mas las nieblas avanzan desde las orillas
y bajo ellas el estanque se desvanece.
                    ¡Silencio!
¿No veremos ya ningún otro portento?

Algo se agita en el medio. ¡Oh, Dios!
¡Están saliendo! ¡Vienen hacia aquí!
Un creciente rumor se oye en los juncos.
¡Rápido, es necesario cuanto antes huir!
                    ¡Corre!
¡Me han oído y están ya sobre mí!

Mathilde Wesendonck

Aflicciones

Sol, tú lloras todas las noches,
hasta que tus ojos enrojecen,
cuando, bañándote en el espejo del mar,
te abate prematura muerte.

Pero con tu antiguo esplendor,
gloria de este oscuro mundo,
regresas nuevamente con la aurora,
cual victorioso héroe lleno de orgullo.

¡Ah!, ¿por qué, pues, debería lamentarme,
por qué, corazón, deberías languidecer,
si hasta el sol mismo debe desesperar,
si hasta el sol mismo debe desaparecer?

Y dado que la muerte precede a la vida,
y que la alegría sucede a los dolores,
¡oh, cómo te agradezco, Naturaleza,
que me proporciones tales aflicciones!

En el invernadero

Abovedadas y altas frondas,
amplios doseles esmeralda,
hijas de tierras distantes,
¿por qué así os lamentáis?

Vuestras ramas inclináis
dibujando signos en el aire,
y una dulce fragancia lanzáis
que testimonia vuestro pesar.

Lejos, con loco deseo,
extendéis vuestros brazos,
y, delirantes, abrazáis
un vacío horrible y desolado.

Os entiendo, pobres plantas,
pues compartimos misma suerte:
aunque luz y calidez nos rodeen,
nuestro hogar no es aquí.

Conforme el sol va apagando
el lánguido brillo del día,
aquel que de verdad sufre
se sume en silente oscuridad.

En la quietud, una agitación
invade el lúgubre recinto,
y al borde de las verdes hojas
veo pesadas gotas temblar.

William Blake

Al Invierno

¡Oh, Invierno!, tranca tus adamantinas puertas:
el Norte es tuyo; allí has edificado tu oscura morada
de profundos cimientos. No sacudas sus techos
ni hagas temblar sus pilares con tu carro de hierro.

No me oye, sino que por sobre el vasto abismo
pasa recio. Sus tormentas están desencadenadas,
enfundadas en acero; a levantar mis ojos no me atrevo,
pues sobre el mundo ha levantado ya su cetro.

¡Ved!, ahora el hórrido monstruo, cuya piel se pega
a sus gigantescos huesos, pisa las gimientes rocas:
lo marchita todo en silencio mientras su mano
desnuda la tierra y la frágil vida congela.

Se sienta sobre los acantilados y el marinero grita
en vano. ¡Pobre miserable!, que trata con tormentas
hasta que el cielo sonríe y el monstruo, aullando,
es expulsado a sus cavernas bajo el monte Hekla[1].

---

[1] El Hekla es un monte volcánico situado en el sur de Islandia. Durante la Edad Media, fue
común la creencia de que se trataba de una de las entradas al Infierno.

El Jardín del Amor

Me dirigí al Jardín del Amor
y vi lo que nunca había visto:
una Capilla en medio del prado
donde solía yo jugar habían erigido.

Y las puertas de esta Capilla estaban cerradas,
y «Te está prohibido» en ellas se leía;
entonces entré al Jardín del Amor,
que tantas dulces flores poseía,

y vi que estaba lleno de tumbas
y de lápidas allí donde las flores debían estar;
y sacerdotes de negro recorrían sus senderos
y ataban con zarzas mis alegrías y deseos.

William Wordsworth

Pieza nocturna

El cielo está cubierto
por una nube continua de densa textura,
pálida y pesada, blanqueada por una luna
que, a través de ese velo, apenas se distingue,
un opaco y vago círculo que arroja una luz
tan débil que ni una sola sombra de roca,
planta, árbol o torre se proyecta sobre el suelo.
De pronto, un agradable rayo sobresalta
al pensativo viajero mientras atraviesa
su solitario camino con distraídos ojos
que miran al suelo; levanta entonces la vista
(las nubes se han separado) y sobre su cabeza
ve la blanca luna y la gloria de los cielos.
Por la bóveda de azulado negro navega ella,
rodeada por multitudes de estrellas que,
pequeñas, agudas y brillantes, por el oscuro
abismo la persiguen: ¡cuán velozmente giran,
sin desvanecerse, mientras los árboles delatan
la presencia de silenciosos vientos! Ruedan
a inmensas distancias, y la bóveda construida
a su alrededor por las enormes nubes blancas
profundiza aún más el inconmensurable abismo.
Finalmente, la Visión se cierra, y la mente,
conmovida por el deleite que experimenta
y que lentamente se torna apacible calma,
se queda meditando sobre la solemne escena.

Tejos

Existe un tejo, el orgullo del valle de Lorton,[1]
que hasta el día de hoy se yergue solo en medio
de su propia sombra, como lo hiciera antaño,
cuando suministraba armas a los ejércitos
de los Umfraville o los Percy antes de marchar
a los páramos de Escocia, o a quienes cruzaron
el mar y tensaron sus sonoros arcos en Azincourt,
o quizás incluso antes en Crécy o Poitiers.[2]
Vasta es la circunferencia y profunda la sombra
de este árbol solitario, un ser viviente constituido
demasiado lentamente como para algún día decaer,
y de forma y aspecto demasiado majestuosos
como para ser destruido. Y aún más dignos de nota
son aquellos fraternales cuatro de Borrowdale,[3]
reunidos en un solemne y espacioso bosquecillo,
cuyos vastos troncos, cada uno de los cuales consta
de un montón de largas fibras entrelazadas
que serpentean hacia lo alto en retorcidas vueltas
no exentas de fantasía, ofrecen un aspecto
amenazante para el profano; sombrías columnas
sobre cuyos suelos sin hierba y de tonos rojizos,
perennemente teñidos por las hojas caídas
en la taciturna umbría, y bajo cuyos negros techos
de ramas, adecuados para festivos propósitos
y adornados con tristes bayas, acaso de día se refugien
espectrales formas: el Miedo y la trémula Esperanza,
el Silencio y el Presagio, la esquelética Muerte
y el sombrío Tiempo, para allí celebrar,
como si se tratase de un templo natural
lleno de imperturbables altares de piedra musgosa,
ritos conjuntos, o para en mudo descanso
echarse a escuchar a los arroyos de montaña
murmurar sobre las cavernas del Glaramara.

---

[1] El valle de Lorton, donde el tejo mencionado por Wordsworth aún se yergue, se encuentra en el Distrito de los Lagos, en la región noroeste de Inglaterra, no muy lejos de Escocia.

[2] Las batallas de Crécy y Poitiers, que tuvieron lugar respectivamente en 1346 y 1356, y la de Azincourt, que se produjo el 25 de octubre de 1415, estuvieron todas enmarcadas dentro de la guerra de los Cien Años entre Francia e Inglaterra.

[3] El valle de Borrowdale y el monte Glaramara se encuentran, también, en el Distrito de los Lagos. De los cuatro tejos mencionados por Wordsworth, sólo tres aún sobreviven. Se les calcula una edad de alrededor de 1500 años.

     Poesía oscura romántica

Samuel Taylor Coleridge

La balada del viejo marinero

I

Es un viejo Marinero
y detiene a uno de entre tres presentes.
«Por tu larga barba gris y tus brillantes ojos,
¿por qué motivo me detienes?

»Las puertas del Novio están abiertas
y soy pariente cercano suyo;
los invitados llegaron, el banquete comenzará:
ya se puede oír el alegre barullo».

Lo retiene con su huesuda mano.
«Érase un barco...», comienza.
«¡Suéltame! ¡Saca tu mano, tonto de gris barba!».
Y en seguida su mano lo suelta.

Lo retiene con sus brillantes ojos.
El Convidado se queda totalmente quieto
y como un niño de tres años escucha:
su voluntad ha quedado en poder del Marinero.

El Convidado se sienta en una piedra:
salvo escuchar, nada elegir puede;
y así siguió hablando aquel hombre viejo,
el Marinero de ojos resplandecientes.

«Saludado fue el barco, despejado fue el puerto,
alegremente fuimos dejando
detrás la iglesia, detrás la colina,
detrás la alta torre del faro.

»El sol ascendía por la izquierda,
¡del propio mar emergía!,
y brillaba luminoso; y por la derecha
en el mismo mar luego se hundía.

»Subía más y más alto cada día,
hasta que por sobre el mástil al mediodía pasó».
El Convidado sacude entonces su pecho,
pues escucha de pronto el sonido del fagot.

La Novia estaba entrando al salón:
roja como una rosa iba ella;
y balanceando sus cabezas delante marchaba
la alegre compañía trovadoresca.

El Convidado sacude su pecho;
sin embargo, salvo escuchar, nada elegir puede;
y así siguió hablando aquel hombre viejo,
el Marinero de ojos resplandecientes.

«Y entonces sobrevino la tormenta,
y era tiránica y recia;
nos golpeó con sus poderosas alas
y nos persiguió hacia el sur sin tregua.

»Con mástiles inclinados y casi sumergida proa,
como quien, perseguido por grito y golpe,
aún pisa la sombra de su enemigo
e inclina hacia adelante la cabeza,
el barco navegaba veloz, siempre hacia el sur,
mientras feroz rugía la tormenta.

»Y entonces sobrevinieron la niebla y la nieve,
y se puso todo horriblemente frío;
y el hielo, alto como el mástil,
llegó flotando en un verde esmeraldino.

»Y, entre las ventiscas, los nevados acantilados
emitían un lúgubre destello;
ni animal ni hombre alguno podíamos distinguir:
por todas partes estaba el hielo.

»El hielo estaba aquí, el hielo estaba allí,
por todo alrededor estaba el hielo;
crujía y gruñía, rugía y aullaba,
como los ruidos que se oyen en negros sueños.

»Y tras un tiempo se nos cruzó un Albatros:
a través de la neblina llegó,
y, como si hubiese sido un alma cristiana,
lo acogimos en nombre de Dios.

»Comió la comida que nunca había comido
y alrededor y alrededor de la nave voló.
Entonces el hielo se abrió con un atronador sonido
¡y el timonel al través nos sacó!

»Y un favorable viento sur nació detrás,
y el Albatros nos seguía sereno
y todos los días, para comer o jugar,
se acercaba al saludo de los marineros.

»Entre nieblas o nubes, sobre mástil o vela
se posó durante nueve veladas,
mientras que toda la noche, entre blancas neblinas,
tenuemente la blanca luna brillaba».

«¡Dios te proteja, viejo Marinero,
de los demonios que tanto te atormentan!
¿Por qué tiemblas así?». «Yo al Albatros
le disparé con mi ballesta.

II

»El sol ahora se elevaba por la derecha,
del propio mar emergía,
aún envuelto en nieblas; y por la izquierda
en el mismo mar luego se hundía.

»Y el favorable viento sur aún soplaba detrás,
pero ya no nos seguía el Albatros sereno,
ni en día alguno, para comer o jugar,
se acercaba al saludo de los marineros.

»Y yo había hecho algo infernal
que nos traería grandes desdichas,
pues todos afirmaron que yo había matado al ave
que había hecho soplar la brisa.
"¡Ah, miserable! —dijeron—, ¡matar al ave
que había hecho soplar la brisa!".

»Ni apagado ni rojo, como la misma cabeza de Dios,
el glorioso sol comenzó a salir por la derecha;
entonces todos afirmaron que yo había matado al ave
que traía los vapores y la niebla.
"Estuvo bien —dijeron— matar a tales aves,
que traen los vapores y la niebla".

»La favorable brisa soplaba, la blanca espuma volaba,
seguíamos surcando las aguas en libertad
y éramos los primeros que jamás irrumpían
en aquel silencioso mar.

»Decayó entonces la brisa, las velas decayeron,
era todo tan triste como triste podía ser,
y hablábamos únicamente para romper
el terrible silencio del mar aquel.

»En un cálido y cobrizo cielo,
el sangriento sol al mediodía
justo sobre el mástil se detenía,
y mucho más grande que la luna no se veía.

»Día tras día, día tras día,
continuamos allí, inmóviles y sin aliento,
tan ociosos como un pintado barco
sobre un pintado océano.

»Agua, agua, por todas partes,
y se estrecharon todas las bordas;
agua, agua, por todas partes,
y, para beber, ni una gota.

»Y las profundidades entonces se pudrieron.
¡Oh, que alguna vez a ser esto pueda llegar!
Sí, cosas viscosas se arrastraban con piernas
sobre el viscoso mar.

»Por todas partes, tambaleantes y en desorden,
los fuegos fatuos durante la noche danzaban;
y el agua, como la poción de una bruja,
ardía verde, azul y blanca.

»Y algunos por sueños supieron del Espíritu
que así nos atormentaba, inclemente:
a nueve brazas de profundidad nos había seguido
desde la tierra de la niebla y de la nieve.

»Y cada lengua, por la completa sequía,
se marchitó hasta la raíz;
no podíamos hablar, no más que si
hubiésemos sido asfixiados con hollín.

»¡Ah, maldito día! ¡Qué torvas miradas
me lanzaron tanto jóvenes como viejos!
En lugar de la cruz, el Albatros
fue colgado de mi cuello.

III

»Fue un tiempo agotador; cada garganta
estaba ardiente, y vidrioso cada ojo.
¡Un tiempo agotador, un tiempo agotador!
¡Cómo se ponía vidrioso cada ojo agotado!,
cuando, mirando hacia el oeste,
percibí en el cielo la presencia de algo.

»Al principio parecía una pequeña mancha,
luego pareció una niebla;
se movía y se movía, y finalmente
tomó una forma más cierta.

»Una mancha, una niebla, una forma, eso creía,
y aún se acercaba y se acercaba;
y, como si evitara a algún espíritu del agua,
se sumergía y viraba y giraba.

»Con las gargantas resecas y los labios quemados,
no podíamos reír ni gemir siquiera:
por la sequía todos mudos habíamos quedado.
Entonces mordí mi brazo, chupé la sangre
y grité: "¡Una vela, una vela!".

»Con las gargantas resecas y los labios quemados,
boquiabiertos mi grito oyeron.
¡Misericordia divina!, de alegría sonrieron,
y al punto todos tomaron aliento
como si ya hubiesen estado bebiendo.

»"¡Mirad, mirad! —grité—, ¡ya no vira,
hacia aquí a salvarnos se acerca!
¡Mas ved!, ¡sin brisa y sin marea
avanza con la quilla recta!".

»Las olas del oeste estaban en llamas:
el día había ya casi terminado.
Apenas por encima de las olas del oeste
descansaba el sol brillante y amplio
cuando esa extraña forma súbitamente
se interpuso entre nosotros y el astro.

»Y en seguida el sol quedó rayado
(¡Madre del Cielo, envíanos gracia!)
como si mirara a través de las rejas de un calabozo
con amplia y ardiente cara.

»"¡Ay! —pensé yo, y mi corazón latía fuerte—,
¡cuán velozmente se acerca y se acerca!
¿Son aquellas sus velas, que ante el sol destellan
como telarañas tenues e inquietas?

»"¿Son aquellas sus costillas, a través de las cuales
el sol espía como a través de una reja?
¿Y es esa Mujer toda su tripulación?
¿Es aquella la Muerte? ¿Son dos?
¿Es de esa Mujer la Muerte la compañera?".

»Sus labios eran rojos, su mirada era osada,
amarillos como el oro eran sus rizos,
y su piel era tan blanca como la de un leproso:
la pesadillesca Vida en la Muerte era ella,
que la sangre de los hombres congela con frío.

»Mientras ambas estaban jugando a los dados,
el desnudo casco a nuestro lado llegó.
"¡Acabó el juego! ¡He ganado, he ganado!",
gritó ella, y tres veces a nuestro lado silbó.

»El sol se hundió, las estrellas llegaron de prisa,
de pronto ya todo era oscuridad,
y con un poderoso susurro, por sobre el vasto mar,
se alejó aquella barca espectral.

»Escuchamos y hacia arriba miramos.
El miedo, de mi corazón como de un vaso,
mi sangre vital sorber pareció.
Las estrellas eran tenues; la noche, sombría;
la cara del timonel junto al farol resplandecía;
de las velas el rocío a gotear comenzó;
y entonces escaló por el este
el cuerno de la luna, con una brillante estrella
junto a su extremo inferior.

»Uno por uno, bajo la luna perseguida por estrellas,
demasiado rápido para emitir gemido o suspiro,
cada tripulante giró su cabeza en espantosa agonía
y con sus ojos me maldijo.

»Cuatro veces cincuenta hombres vivos
(y suspiro o gemido no escuché ninguno),
con un pesado golpe, como un bulto sin vida,
fueron cayendo, uno por uno.

»Las almas volaron de sus cuerpos,
huyendo hacia la dicha o la pena.
Y cada alma, al pasarme a un lado,
lo hizo silbando como mi ballesta».

IV

«¡Te temo, viejo Marinero,
te temo a ti y a tu huesuda mano!
Y eres alto, descarnado y oscuro
como las costas llenas de naufragios.

»Te temo a ti y a tus brillantes ojos,
y a tu huesuda y oscura mano también temo».
«No temas, no temas, tú, Convidado:
este cuerpo no cayó entre los muertos.

»Solo, solo, absolutamente solo,
solo en el ancho, ancho mar seguía,
y ningún santo se apiadó
de mi alma en agonía.

»Tantos hombres, tan bellos,
y todos muertos yacían tendidos;
y mil millares de cosas viscosas
aún vivían, y yo lo mismo.

»Miré entonces el mar podrido
y debí apartar mis ojos lejos;
miré entonces la cubierta podrida
y allí yacían los hombres muertos.

»Miré al cielo e intenté rezar,
pero, antes de que plegaria alguna brotase,
escuché un maligno susurro que hizo
que seco como el polvo mi corazón quedase.

»Cerré mis párpados y los mantuve apretados
mientras los ojos como pulsos me latían,
pues el cielo y el mar, y el mar y el cielo,
eran como una carga sobre mis cansados ojos
y los muertos a mis pies yacían.

»El frío sudor se desvaneció de sus miembros,
mas no comenzaron a pudrirse ni a heder;
y la mirada que me habían lanzado
nunca había dejado de ser.

»La maldición de un huérfano arrastraría al Infierno
hasta a un espíritu del Cielo arriba,
pero, ¡oh!, mucho más horrible que eso
es una maldición en los ojos de un muerto.
Siete días y siete noches vi yo esa maldición,
y, sin embargo, no pude perder la vida.

»La errante luna ascendió por el cielo
y en ningún lugar se detuvo ni un rato;
suavemente subía ella
con una estrella o dos a su lado.

»Su luz se burlaba del sofocante piélago
como escarcha de abril esparcida,
pero, allí donde la enorme sombra del barco caía,
las hechizadas aguas
en un quieto y horrible rojo aún ardían.

»Más allá de la sombra del barco
contemplé a las serpientes marinas;
se movían en estelas de brillante blanco
y, cuando se alzaban, la mágica luz
en blancas chispas caía.

»Contemplé sus ricos atavíos
mientras se movían a un lado del barco:
en azul, verde brillante y negro aterciopelado
serpenteaban y nadaban, y cada estela
era como un resplandor de fuego dorado.

»¡Oh, felices criaturas vivas! Ninguna lengua
podría expresar su belleza;
un manantial de amor de mi corazón brotó
y las bendije sin darme cuenta;
seguro que mi santo de mí se apiadó
y las bendije sin darme cuenta.

»En ese mismo instante pude al fin rezar,
y de mi cuello al fin en libertad
el Albatros cayó, tras lo cual se hundió
como plomo en las aguas del mar.

V

»¡Oh, sueño!, ¡qué cosa tan benévola,
de polo a polo amada!
¡Alabada sea la Reina de los Cielos!
Pues ella envió de lo alto al benévolo sueño
que se deslizó en mi alma.

»Las inútiles cubas sobre cubierta,
que desde hacía tanto abandonadas permanecían,
en mi sueño se llenaban con rocío;
y, cuando desperté, llovía.

»Mis labios estaban mojados; mi garganta, fría;
mis ropas estaban todas humedecidas;
seguramente había bebido en mis sueños,
y aún mi cuerpo bebía.

»Me moví y no pude sentir mis miembros;
me sentía tan liviano que casi habría dicho
que había muerto mientras soñaba
y que era ya un fantasma bendito.

»Y entonces oí un rugiente viento:
aparentemente no se acercaba,
pero con su sonido sacudió las velas,
que se encontraban marchitas y delgadas.

»El aire superior cobró vida
y cientos de fuegos en él brillaron.
Para aquí y para allí se precipitaron,
y para aquí y para allí, y para adentro y afuera,
las pálidas estrellas en el medio danzaron.

»El viento rugió entonces más alto,
las velas suspiraron como juncias
y la lluvia se precipitó desde una nube negra
al borde de la cual se hallaba la luna.

»La densa nube negra se rasgó
mientras la luna aún se hallaba a su lado,
y, como aguas cayendo de un alto peñasco,
varios relámpagos se abatieron sin interrupción
en un río profundo y ancho.

»El rugiente viento nunca alcanzó el barco,
y, sin embargo, el barco se estaba moviendo;
y bajo los relámpagos y la luna
los muertos de pronto gimieron.

»Gimieron, se agitaron y de pie se pusieron;
no hablaron ni sus ojos movieron;
habría sido extraño, aun en un sueño,
haber visto levantarse a aquellos muertos.

»Guiado por el timonel, el barco se movió
sin que nunca una brisa sobre él llegase a soplar;
los marineros comenzaron a maniobrar las cuerdas
allí donde acostumbraban a hacerlo;
levantaban sus miembros como herramientas muertas:
éramos una tripulación espectral.

»El cuerpo del hijo de mi hermano
se encontraba a mi lado, rodilla con rodilla;
el cadáver y yo tirábamos de una cuerda,
pero él nada me decía».

«¡Te temo, viejo Marinero!».
«¡Cálmate ya, tú, Convidado!
No fueron aquellas almas que en pena huyeron
las que a los cadáveres regresaron,
sino una tropa de espíritus santificados.

»Pues, en cuanto amaneció, dejaron caer sus brazos
y alrededor del mástil se agruparon;
y dulces sonidos brotaron lentamente de sus bocas
y en sus cuerpos resonaron.

»Alrededor voló cada dulce sonido
y hacia el sol luego todos se lanzaron;
y entonces lentamente los sonidos retornaron,
ya uno por uno, ya todos mezclados.

»A veces descendiendo del cielo
el canto de una alondra yo oía,
y a veces el de todas las pequeñas aves que son;
¡ah, cómo parecían llenar el aire y el mar
con su dulce algarabía!

»Y era ya como todos los instrumentos,
ya como una flauta en soledad,
ya como el canto de un ángel
que a los cielos hace callar.

»Y cesó; sin embargo, las velas siguieron produciendo
un agradable sonido hasta el mediodía,
un sonido similar al de un arroyo oculto
que, durante el frondoso mes de junio,
a los durmientes bosques todo la noche
canta una melodía en un suave murmullo.

»Hasta el mediodía navegamos tranquilamente
sin que nunca una brisa hubiese soplado;
lenta y mansamente seguía navegando el barco
movido hacia delante desde abajo.

»A nueve brazas de profundidad bajo la quilla,
desde la tierra de la niebla y de la nieve,
el Espíritu se deslizaba; y era él
el que hacía al barco moverse.
Mas abandonaron su melodía las velas al mediodía
y el barco se quedó quieto también.

»El sol, deteniéndose justo sobre el mástil,
había fijado el barco al océano,
pero de pronto este comenzó a agitarse
con un brusco e inquieto movimiento;
atrás y adelante la mitad de su largo recorría
con un brusco e inquieto movimiento.

»Entonces, como un caballo puesto en libertad,
el barco pegó un súbito salto;
esto arrojó la sangre a mi cabeza
y caí víctima de un desmayo.

»No sabría decir por cuánto tiempo
permanecí en ese estado,
pero, antes de que mi vida retornase,
oí, y con mi alma discerní,
dos voces que hablaban en el aire.

»"¿Es él? —dijo una—, ¿es este el hombre?
¡Por aquel que en la cruz murió!,
¡es él quien con su cruel ballesta
al indefenso Albatros abatió!

»"El Espíritu que habita solitario
en la tierra de la niebla y de la nieve
amaba al ave que amó a este hombre
que con su ballesta le disparó adrede".

»La otra era una voz más dulce,
tan dulce como rocío de miel,
y dijo: "El hombre ha hecho penitencia,
y más penitencia habrá de hacer".

VI

Primera Voz

»"Pero dime, dime, habla de nuevo,
renovando tus dulces acentos:
¿qué impulsa al barco con tanta velocidad?
¿Qué está haciendo el Océano?".

Segunda Voz

»"Quieto como un esclavo ante su señor,
el Océano no tiene olas;
su gran ojo brillante, muy silenciosamente,
hacia la luna se asoma

»"a fin de saber qué rumbo tomar,
pues es ella quien lo guía, calmo o agitado.
¡Mira, hermano, mira cuán graciosamente
ella lo contempla a él mirando abajo!".

Primera Voz

»"Pero ¿cómo impulsa al barco con tanta velocidad
sin ni ola ni viento siquiera?".

Segunda Voz

»"El aire se separa por delante
y por detrás luego se cierra.

»"¡Vuela, hermano, vuela!, ¡más alto, más alto,
o retrasados quedaremos!
Pues más y más lento este barco avanzará
en cuanto cese el trance del Marinero".

»Cuando desperté, seguíamos navegando
como en el más propicio clima;
era de noche, una calma noche, la luna estaba alta,
y todos juntos los muertos de pie se mantenían.

»Todos juntos de pie se mantenían en la cubierta,
más apropiada entonces para ser una cripta;
y todos fijaron en mí sus ojos de piedra,
que bajo la blanca luna resplandecían.

»La agonía y la maldición con la que habían muerto
nunca del todo habían pasado;
y yo no podía apartar mis ojos de los de ellos
ni para rezar elevarlos a lo alto.

»Y entonces el hechizo cesó; una vez más
vi a mi alrededor el océano verdecido,
y miré más lejos pero poco vi
de lo que antes había visto.

»Me sentía como aquel que, en un solitario camino,
avanza con miedo y temor
y, habiendo una vez volteado, sigue adelante
y no gira más su cabeza
pues sabe que un espantoso demonio
velozmente por detrás se le acerca.

»Pero pronto sopló un viento sobre mí
sin producir sonido ni movimiento;
su camino no iba por sobre el mar,
ni por las olas ni por las sombras del piélago.

»Sacudió mis cabellos y abanicó mis mejillas
como el céfiro en primavera
y se mezcló con mis temores;
sin embargo, bienvenido era.

»Velozmente, velozmente avanzaba el barco,
aunque también suavemente navegaba;
dulcemente, dulcemente soplaba la brisa,
y sobre mí solo soplaba.

»¡Oh, feliz sueño!, ¿era realmente
la torre del faro lo que veía allí?,
¿era aquella la colina?, ¿era aquella la iglesia?,
¿era aquel mi amado país?

»Nos deslizamos hasta el puerto
y entre sollozos me puse a implorar:
“¡Oh, déjame despertar, Dios mío,
o deja que para siempre duerma ya!”.

»La bahía portuaria estaba clara como el cristal,
¡tan tranquilamente se extendía!;
y sobre la bahía caía la luz lunar
y la sombra de la luna misma.

»La colina resplandecía, y no menos la iglesia
que se levantaba sobre ella,
mientras la luz lunar bañaba en silencio
su firme y quieta veleta.

»La bahía estaba blanca con silenciosa luz,
hasta que, ascendiendo de esta,
en colores escarlata aparecieron
numerosas formas, que espectros eran.

»A poca distancia de la proa
se movían aquellas sombras carmesí;
dirigí mis ojos a la cubierta
y, ¡oh, Cristo!, ¡lo que entonces vi allí!

»Cada cadáver yacía inerte, muerto e inerte,
y, ¡por la cruz sagrada!,
un ser todo de luz, un ser seráfico,
sobre cada cadáver se elevaba.

»Todos los serafines agitaron sus manos:
¡era una visión gloriosa!;
se erguían como señales para la tierra,
cada uno una luz hermosa.

»Todos los serafines agitaron sus manos;
no emitieron ninguna voz,
ninguna voz, pero su silencio se hundió
como música en mi corazón.

»Mas entonces oí un ruido de remos
y los saludos de un Piloto;
inevitablemente giré mi cabeza
y vi un bote aparecer de pronto.

»Al Piloto y a su Grumete
pude oír acercándose a gran velocidad.
¡Dios del Cielo!, ¡era una alegría
que ni los muertos podían arruinar!

»Y también vi a un tercero y pude oír su voz:
era el buen Eremita,
que en voz alta cantaba los himnos divinos
que en la soledad de su bosque componía.
Él daría confesión a mi alma
y toda la sangre del Albatros lavaría.

VII

»Este buen Eremita vive en aquel bosque
que desciende hasta el mar.
¡Cuán poderosamente su dulce voz eleva!
Ama hablar con los marineros
que de lejanos países llegan.

»Se arrodilla al amanecer, atardecer y anochecer,
y tiene una mullida almohada para ello:
es el musgo que por completo cubre
el viejo tronco de un roble seco.

»El bote se acercaba y yo los oía hablar:
"¡Vaya que es extraño, en verdad!
¿Dónde están aquellas luces numerosas y bellas
con las que recién nos hacían señal?".

»"Extraño, por mi fe —dijo el Eremita—,
y no respondieron a nuestros saludos.
Las tablas se ven combadas, y mira aquellas velas,
¡se ven tan delgadas y marchitas!
Jamás he visto cosa similar a ellas,
a no ser por esas ramillas,

»"los oscuros esqueletos de las hojas
que a lo largo del arroyo de mi bosque flotan,
cuando con nieve está cubierta la hiedra
y el búho chilla al lobo que debajo
devora a las crías de su loba".

»"¡Santo Dios!, tiene un aspecto muy diabólico
—respondió el Piloto—. Es aterrador".
"¡Sigue remando, sigue remando!",
el Eremita alegremente entonces le ordenó.

»El bote se acercó más al barco,
pero yo no hablé ni me moví;
el bote se puso junto al barco
y en seguida un sonido pude oír.

»Bajo el agua retumbó,
cada vez más alto y más aterrador,
hasta que alcanzó al barco, conmovió a la bahía,
y el barco como plomo se hundió.

»Aturdido por aquel aterrador sonido
que a cielo y océano castigó,
como alguien ahogado siete días atrás
mi cuerpo salió a flote;
pero, como en un sueño, pronto me encontré
descansando junto al Piloto en su bote.

»En el remolino producido por el barco
al hundirse, el bote daba giros y giros;
todo estaba en silencio, a no ser por la colina,
que aún respondía al sonido.

»Moví mis labios y el Piloto gritó
y preso de un ataque cayó;
entonces el santo Eremita miró a lo alto
y desde donde se hallaba rezó.

»Tomé los remos y el Grumete,
que de pronto había enloquecido,
comenzó a reír mientras todo el tiempo
sus ojos iban de acá para allá.
"¡Ja, ja, ja! —reía—, muy claramente veo
que el Diablo sabe cómo remar".

»Y entonces, en mi propio país,
tierra firme al fin pisé.
El Eremita bajó del bote
y apenas pudo mantenerse de pie.

»"¡Oh, confiéseme, confiéseme, hombre santo!".
El Eremita se santiguó en la frente.
"Habla ya —dijo—, te conmino a que me digas
qué clase de hombre eres".

»Entonces todo mi cuerpo se retorció
con una agonía horrible
que me obligó a comenzar mi historia
y que sólo al terminarla me dejó libre.

»Desde entonces, a inciertas horas,
a mí aquella agonía regresa,
y, hasta que mi terrible relato es contado,
el corazón que late en mi pecho me quema.

»Voy, como la noche, de comarca en comarca;
tengo un extraño poder de la palabra;
en el momento en el que su rostro veo,
reconozco al hombre que escucharme debe
y a él mi historia le cuento.

»¡Qué gran alboroto sale de aquella puerta!
Los convidados de la boda celebran allí,
y, en la glorieta del jardín,
la Novia y sus doncellas cantando están;
mas oíd la campana de vísperas
que me empuja ya a rezar.

»¡Oh, Convidado!, esta alma ha estado
sola en un ancho, ancho mar;
tan solitaria estaba que Dios mismo
apenas parecía hasta allí llegar.

»¡Oh!, mucho más dulce que una fiesta de bodas,
muchísimo más dulce para mí sería
caminar hacia la iglesia
junto a una buena compañía.

»Caminar hacia la iglesia juntos
y todos juntos comenzar a rezar
mientras cada uno se inclina ante su gran Padre:
ancianos, niños, amables amigos
y muchachos y doncellas agradables.

»¡Adiós, adiós! Pero esto te digo,
a ti, a ti, Convidado a la fiesta:
que reza bien quien ama bien
a hombres, aves y bestias;

»y que reza mejor quien mejor ama
a todas las cosas, grandes y pequeñas,
pues el buen Dios que nos ama
las hizo y las ama a todas ellas».

El Marinero, cuyos ojos son brillantes,
cuyos pelos y barba por la edad están canosos,
se marchó entonces; y, tras él, el Convidado
se alejó también de las puertas del Novio.

Se fue como alguien que se ha visto aturdido
y cuyas sensaciones han quedado turbadas;
y siendo un hombre más triste y más sabio
se levantó a la siguiente mañana.

Robert Southey

Mis días entre los muertos han pasado

Mis días entre los muertos han pasado,
   y encuentro a mi alrededor,
donde quiera que por azar pose mi mirada,
   las poderosas mentes de antaño;
ellos son mis amigos siempre confiables,
aquellos con quienes dialogo a diario.

   Con ellos me deleito en la dicha
   y busco alivio en el pesar;
y, entendiendo y sintiendo profundamente
   lo mucho que les debo,
mis mejillas a menudo se han bañado
con lágrimas de consciente gratitud.

   Mis pensamientos están con los muertos;
   con ellos vivo en los siglos pasados:
adoro sus virtudes, condeno sus faltas,
   comparto sus miedos y esperanzas,
y en sus lecciones busco y encuentro
instrucciones con humilde actitud.

   Mis esperanzas están con los muertos;
   pronto entre ellos estará mi lugar
y a su lado habré de permanecer
   por todos los siglos venideros,
si es que logro dejar aquí un nombre
que no perezca cuando al polvo retorne.

El obispo Hatto

El verano y el otoño habían sido tan húmedos
que en el invierno el maíz aún seguía creciendo;
era una cosa muy triste ver en todos los campos
el grano pudriéndose desperdigado por el suelo.

Día tras día, una pobre multitud hambrienta
se congregaba en las puertas del obispo Hatto,
pues él tenía grano almacenado del año previo
y todos en las regiones vecinas sabían bien
que sus graneros estaban totalmente llenos.

Finalmente, el obispo Hatto puso una fecha
para dar sin más demora alivio a los pobres:
les pidió que repararan uno de sus graneros
a cambio de alimento para todo el invierno.

Regocijados al oír una tan auspiciosa noticia,
acudieron menesterosos de todas partes,
y el enorme granero pronto se vio atestado
de mujeres y niños, jóvenes y ancianos.

Cuando vio que ya no entraba allí nadie más,
el obispo Hatto mandó a atrancar las puertas
y, mientras la gente pedía misericordia a Dios,
prendió fuego el granero con todos en su interior.

«¡Sí que es una excelente hoguera! —dijo—.
En enorme deuda conmigo ha quedado el país
por haberlo librado, en estos tiempos difíciles,
de ratas que sólo sirven para devorar el maíz».

Retornó entonces a su ostentoso palacio,
se sentó a cenar con indisimulable alegría
y esa noche durmió como un hombre inocente;
pero el obispo Hatto ya nunca más dormiría.

Por la mañana, cuando entró a la gran sala
en la que su retrato colgaba sobre el muro,
por un sudor de muerte se vio invadido
al ver que por ratas había sido totalmente roído.

Mientras observaba aquello, un hombre llegó
de su granja con el rostro blanco de espanto.
«Señor, he abierto sus graneros esta mañana
y las ratas se han comido todo el grano».

Otro más llegó corriendo en ese instante,
tan pálido como pálido alguien puede estar.
«¡Huya, señor obispo, escape ya! —le dijo—.
¡Diez mil ratas vienen en esta dirección!
¡Que el Señor lo perdone por lo que ayer realizó!».

«Iré a mi torre en el río Rin —respondió él—.[1]
Es el lugar más seguro de toda Alemania.
Los muros son altos; las costas, escarpadas;
fuertes las corrientes; profundas las aguas».

El obispo Hatto, aterrado, se apresuró a huir,
cruzando el Rin sin la más mínima dilación,
y al llegar a su torre tapió con meticuloso celo
todas las ventanas, puertas y pequeños agujeros.

Entonces se recostó en su lecho y cerró los ojos,
pero pronto lo hizo incorporarse un agudo chillido
y se sobresaltó al ver dos pequeños ojos de fuego
en su almohada, de donde había surgido el sonido.

Escuchó y miró, y vio que era tan sólo su gata;
mas el terror del obispo se vio incrementado,
pues la gata seguía allí chillando, loca de miedo,
por el ejército de ratas que se estaba acercando.

Ya habían cruzado a nado el profundo río,
ya habían escalado las costas escarpadas
y hacia la torre se dirigían ahora para cumplir
con la tarea para la cual habían sido enviadas.

No se las podía contar por docenas o veintenas,
pues se acercaban por miles, por miríadas y más:
números como nunca antes habían sido vistos
para un juicio como jamás había tenido lugar.

Sobre sus rodillas el obispo cayó de inmediato
y comenzó a rezar más y más rápido el rosario
conforme más y más alto podía oír el roer
de los dientes de las ratas acercándose a él.

---

[1] La llamada «Torre de las Ratas» se levanta en una pequeña isla del Rin frente a la ciudad de Bingen, no lejos de Maguncia. En el año 968, el arzobispo Hatto II, en quien esta leyenda está basada, restauró la torre original, que fue más tarde destruida y de la que ahora sólo subsiste una reconstrucción.

Y entonces por la puerta, por las ventanas
y a través de los muros entraron en tropel,
y bajando del techo y subiendo del suelo,
por derecha e izquierda, por delante y detrás,
desde adentro y afuera, desde abajo y arriba,
y todas sobre el obispo se lanzaron en seguida.

Habían afilado sus dientes en las piedras
y ahora era el turno de los huesos del obispo;
y así de sus miembros royeron toda la carne
para consumar el espantoso castigo divino.

Thomas Moore

El anillo

Por fin había llegado el feliz día
en el que Rupert desposaría
a la doncella más bella de Sajonia
y a su lecho nupcial la llevaría.

Tan pronto como hubo amanecido,
la fiesta y los deportes comenzaron.
Los hombres admiraban a la novia;
las doncellas, al afortunado novio.

En alegres entretenimientos
pasaron los invitados el día:
algunos se entregaron a la danza;
otros, a entonar dulces melodías.

Las jóvenes doncellas junto a Isabel
se entretuvieron en las glorietas
recogiendo diversas flores nupciales
para adornar su vestido y su cabeza.

Las matronas, en sus ricos atuendos,
el interior del castillo prefirieron
para escuchar allí los festivos coros
que llenaban las salas de ecos.

El joven Rupert y sus amistades
a la espaciosa cancha se dirigieron
para golpear allí la pelota de tenis
en desafiantes y viriles torneos.

El novio llevaba en su dedo
el brillante anillo de bodas
que debía adornar la blanca mano
de la hermosa Isabel tras la ceremonia.

Temiendo romper la delicada gema
o perder la alhaja en el juego,
buscó en los alrededores un lugar
para dejar el anillo sin miedo.

Junto a la cancha había una estatua
que permanecía allí desde siempre;
acaso de una diosa pagana fuera
o de una reina de la pagana era.

En su dedo de mármol entonces
decidió él dejar colocada la alhaja,
y, pensando que allí estaría segura,
la ajustó bien y regresó a la cancha.

Al juego del tenis dedicaron el día
hasta que estuvieron todos exhaustos
y los mensajeros les anunciaron
que la cena estaba siendo servida.

El joven Rupert se dirigió a buscar
su anillo a donde lo había dejado,
pero ¡oh, qué sorpresa se llevó
al ver que el dedo se había doblado!

La mano se había cerrado en un puño
firme y apretado sobre la alhaja;
en vano intentó, intentó e intentó:
¡no le era ya posible sacarla!

Atónito se encontraba Rupert,
como bien podía estarlo su mente.
«Volveré aquí a la noche —dijo—,
cuando no haya nadie para verme».

Se dirigió hacia el castillo sin más
y pensó allí mucho sobre el anillo,
preguntándose qué podría significar
todo aquel inconcebible prodigio.

Terminada la fiesta, a la cancha
regresó sin perder ni un rato,
resuelto a recuperar el anillo
rompiendo aquella mano de mármol.

Pero un portento aún más extraño
lo aguardaba al llegar a la estatua:
¡la mano de mármol se había abierto
y el anillo de bodas ya no estaba!

Buscó en la base y por la cancha,
pero no logró encontrar nada;
entonces al castillo retornó
con su cabeza desconcertada.

Dentro encontró a todos alegres
y dedicó la noche a la danza;
más tarde se procuró otro anillo
y nadie se enteró de nada.

El sacerdote unió al fin sus manos;
las horas del amor se acercaban
y Rupert casi olvidó por completo
el incidente de aquella mañana.

Ya la hermosa Isabel en el lecho
cubierta de un dulce rubor yacía,
como flores entreabiertas al alba
que esperan por el sol del mediodía.

Y Rupert, amoroso a su lado,
en juvenil belleza resplandecía,
como Febo[1] cuando sobre una rosa
para derramar sus rayos se inclina.

Y aquí mi canto los dejaría,
sin narrar ninguna cosa más,
si no fuese por el terrible evento
que aún debía tener lugar.

Pronto Rupert, entre su novia y él,
percibió un frío cuerpo muerto;
no lo vio, pero creyó sentir
que unos brazos rodeaban su cuerpo.

Retrocedió de un salto y regresó,
pero aún el fantasma allí seguía;
en vano se debatió: aquel abrazo
mortalmente frío aún lo envolvía.

Y, al inclinarse, unos labios terrosos
un horripilante beso le dieron
y sintió un hálito como de criptas
o de sepulcros del cementerio.

---

[1] Febo era un epíteto que los griegos daban a Apolo como dios del sol.

¡Desdichado Rupert! A su esposa
le gritó con alto y desesperado tono:
«¡Oh, mi amada Isabel, vida mía,
sálvame de este horrible demonio!».

Pero Isabel no veía nada de nada
y miraba a su alrededor en vano,
deplorando aquella loca idea
que así torturaba a su amado.

Por último, aquel ser invisible
dirigió a Rupert unas palabras
(¡oh, y cómo tembló él de miedo
mientras aquello escuchaba!):

«¡Dulce esposo, aquí tengo el anillo
que hoy me has colocado tú mismo;
conmigo estás casado para siempre,
como yo estoy casada contigo!».

Y toda la noche el demonio yació
recostado gélidamente a su lado,
asiéndolo en un abrazo tan fuerte
que creyó sus días terminados.

Pero, cuando por fin rayó el alba,
el horrible fantasma se esfumó,
y el aterrado Rupert, llorando,
junto a Isabel en el lecho quedó.

Todo el día una sombría nube
sobre su frente se aposentó;
Isabel también estaba triste,
pero intentaba animar a su amor.

Mientras el día avanzaba, en la noche
empezó él con temor a pensar;
¡ay, que con terror alguien deba ver
el lecho que debería anhelar!

Llegó finalmente la segunda noche
y ambos se volvieron a acostar;
deseando el fin de todo aquello,
esperaba él amar y descansar.

Pero, ¡ay!, al llegar la medianoche,
el demonio a su lado reapareció
y, mientras lo retenía en su abrazo,
exclamó con exultante pasión:

«¡Dulce esposo, aquí tengo el anillo
que ayer me has colocado tú mismo;
conmigo estás casado para siempre,
como yo estoy casada contigo!».

En la agonía de la desesperación,
fuera del lecho Rupert saltó,
y así a su estupefacta mujer
el tembloroso joven preguntó:

«¡Oh, Isabel!, ¿acaso no puedes ver
en el lecho una figura horrorosa
que me empuja a su beso mortal
y me aparta de mi bella esposa?».

«¡No, no, mi Rupert, mi amor,
no puedo ver ningún ser horroroso,
y mucho lamento esta fantasía
que me aparta de mi bello esposo!».

Esa noche, al igual que la anterior,
la pasaron entre terrores y zozobra,
y el demonio no se marchó de allí
sino hasta la llegada de la aurora.

Entonces dijo Rupert: «Mi Isabel,
querida compañera de mi aflicción,
a la sagrada cueva del padre Austin
me dirigiré sin más dilación».

El padre Austin era un reverendo
que obraba numerosos milagros
y a quien en toda la región creían
ya un demonio, ya un santo.

A la sagrada cueva del padre Austin
Rupert sin demora se dirigió,
y allí le contó todo y le preguntó
cómo deshacerse de aquel horror.

El padre lo escuchó con atención
y se retiró un tiempo a rezar;
y, tras media hora de oraciones,
así le dijo al joven al regresar:

«Hay un lugar en el que se cruzan
cuatro caminos, te diré dónde es;
espera allí hoy al anochecer
y escucha ahora lo que vas a ver.

»Verás pasar un grupo de espectros,
en una extraña procesión desordenada,
recorriendo a la luz de las antorchas
los caminos de manera alborotada.

»Y habrá uno más alto que el resto,
elevándose terrible sobre los demás;
lo reconocerás de una simple mirada,
de modo que no necesito decir más.

»A él le entregarás estos pergaminos
que fácilmente entendidos serán;
nada deberás temer, sólo dáselos,
pues con mi sangre firmados están».

Finalmente comenzó a anochecer
y Rupert cabalgó, pálido y aterrado,
a aquella misteriosa encrucijada
a la que el padre lo había enviado.

Y allí vio pasar un grupo de espectros,
en una extraña procesión desordenada,
recorriendo a la luz de las antorchas
los caminos de manera alborotada.

Y, mientras aquel lúgubre séquito
avanzaba, pudo ver en la distancia
una sensual figura femenina
que sobre un carruaje era llevada.

Y, mientras miraba a aquella dama
que iba tan impúdicamente vestida,
pensó en la estatua de mármol,
pues mucho entre sí se parecían.

Tras ella iba una figura espantosa
con ojos en los que la muerte ardía;
cuando respiraba, fieras bocanadas
de humo sulfuroso su aliento despedía.

Parecía ser el líder de todo el grupo,
elevándose terrible sobre los demás.
«Sí, es él, sin duda —se dijo Rupert—,
de modo que no necesito saber más».

Entonces se acercó y a ese demonio
le entregó los pergaminos temblando;
este los miró y los leyó con un alarido
que a los muertos habría despertado.

Y cuando vio el nombre allí escrito,
sus ojos ardieron con loca rabia.
«¡Pensé que había muerto —gritó—,
pero pronto mía será su alma!».

Arrojó entonces al joven una mirada
que llenó de espanto su corazón;
se dirigió luego a la mujer demonio
y en sus oídos algo susurró.

Apenas lo oyó, la figura femenina,
con aspecto poco predispuesto,
el anillo que Rupert había perdido
de inmediato se sacó de su dedo.

Y, entregándoselo de vuelta al joven
con ojos en los que el Infierno ardía,
le dijo, con esa aterradora voz
que en sus recuerdos aún latía:

«¡En nombre de Austin, toma el anillo
que me habías colocado tú mismo;
ya no estás conmigo casado para siempre
y yo ya no estoy casada contigo!».

Él lo tomó, vio a la procesión alejarse
y regresó a su hogar al galope;
hizo entonces feliz a su esposa
y fue él el más feliz de los hombres.

El escudo

Dime, ¿no has oído anoche una voz de ultratumba?
  ¿Y no has visto una pálida figura que cabalgaba
sobre la plateada niebla del páramo entonando,
  bajo la tormenta, espectrales cantos fúnebres?

¿Fue acaso la quejumbrosa ave de la pena
  chillando de noche en el hogar de los pesares?
¿O fue un demonio acudiendo a una tumba
  para hasta la aurora allí aullar y banquetearse?

No, no fue ni el ave fúnebre en el bosque
  ni un demonio que cabalga las tormentas:
fue la sombra de Helderic, el sanguinario,
  gritando por las culpas que lo atormentan.

¿Ves a los fantasmas del erial espantarse
  por ese rojo relámpago que allí se mueve?
Balanceándose en aquel tejo desnudo de hojas
  pende el escudo de ese vástago de la Muerte.

El escudo se ruboriza con manchas criminales;
  mucho hace que cuelga de esas frías ramas;
las tormentas lo sacuden, las lluvias lo bañan,
  pero ninguna es capaz de lavar su sangre.

A menudo en el campo arrasado junto a ese tejo,
  bajo la roja luz de la luna, los demonios danzan
mientras las ramas crujen y el oscilante escudo
  para el enajenado espíritu de la noche canta.

Lord Byron

Oscuridad

Tuve un sueño que no fue del todo un sueño.
El brillante sol se había extinguido, las estrellas
vagaban oscuramente por el eterno espacio,
sin luz y sin rumbo, y la helada Tierra
giraba ciega y ennegrecida en un aire sin luna.
La mañana vino y se fue, y volvió sin traer el día;
y los hombres olvidaron sus pasiones en el terror
de su inminente ruina, mientras sus corazones
se enfriaban en una egoísta plegaria por luz.
Pronto vivieron entre hogueras: los tronos,
los palacios de los reyes, las humildes cabañas
y las moradas de todos los habitantes del mundo
ardieron como faros; ciudades fueron quemadas,
y los hombres se reunieron en torno a sus hogares
en llamas para verse una vez más a los rostros;
felices aquellos que vivían junto a los volcanes
y sus encumbradas antorchas. En el mundo
sólo quedó una tímida esperanza; los bosques
empezaron a ser incendiados, pero hora a hora
se reducían: los troncos caían con un estrépito,
se extinguían, y una vez más todo era negro.
Los rostros de los hombres bajo la agonizante luz
ofrecían un aspecto fantasmal cuando, por azar,
se veían iluminados. Algunos se echaban al suelo,
se tapaban los ojos y lloraban; otros apoyaban
sus mentones sobre sus puños y sonreían;
y otros corrían de un lado a otro, alimentaban
sus piras funerarias con más combustible,
miraban con loco desasosiego al apagado cielo,
el velo mortuorio de un mundo perdido, y de nuevo,
profiriendo blasfemias, bajaban la mirada al polvo,
hacían rechinar sus dientes y aullaban. Las aves
chillaban y, aterradas, deambulaban por el suelo,
batiendo sus inútiles alas; las fieras salvajes
se acercaban, mansas y trémulas; y las serpientes
se arrastraban y se enroscaban entre la multitud,
siseando pero sin morder; y todos eran devorados.
Y la guerra, que por un instante había cesado,
se volvió a nutrir; un alimento se pagaba con sangre,
y cada hombre se alejaba hoscamente del resto
para llenarse entre las sombras. El amor murió.

El mundo entero era un solo pensamiento: muerte,
inmediata y sin gloria. Y la agonía del hambre
se cebó en todas las entrañas; los hombres morían
y sus huesos y su carne quedaban insepultos;
los moribundos por los moribundos eran devorados;
y hasta los perros atacaban a sus amos, salvo uno
que fue leal al cadáver del suyo y mantuvo a aves,
bestias y hombres alejados hasta que el hambre
los derribaba o los muertos que caían tentaban
a sus famélicas mandíbulas. No buscó alimento,
sino que con una triste mirada, un largo gemido
y un rápido aullido desolado, lamiendo la mano
que no respondía ya con una caricia, murió.
La humanidad pereció lentamente de hambre,
pero dos habitantes de una ciudad sobrevivieron,
y eran enemigos. Se encontraron en las cercanías
de los agonizantes rescoldos de una iglesia
en la cual una gran pila de objetos sagrados
habían servido para un uso profano; temblando,
juntaron con sus heladas y esqueléticas manos
las débiles cenizas, y sus extenuados alientos
soplaron por una pequeña vida y obtuvieron
una llama que era una burla. Entonces alzaron
sus ojos, a medida que la luminosidad crecía,
y contemplaron el aspecto del otro: se vieron,
gritaron y murieron, víctimas de su mutua fealdad,
sin saber quién era aquel sobre cuya frente
el hambre había escrito «Demonio». El mundo
estaba vacío; lo populoso y lo poderoso era ahora
un despojo sin estaciones, hierbas, árboles, hombres
o vida, una mole de muerte, un caos de fría arcilla.
Los ríos, lagos y océanos permanecían inmóviles
y ya nada se agitaba en sus silentes profundidades;
naves sin marineros se pudrían en el mar
y, cuando sus carcomidos mástiles caían al agua,
se hundían en el abismo sin causar onda alguna;
las olas estaban muertas; las mareas, sepultadas;
la luna, su señora, había expirado tiempo antes.
Los vientos se habían marchitado en el aire inmóvil
y las nubes habían perecido. La Oscuridad ya no
precisaba más de su ayuda: ella era el Universo.

El hechizo

Cuando la luna esté en la ola;
   la luciérnaga, en el pasto;
el meteoro, en la tumba;
   y el fuego fatuo, en el pantano;
cuando las estrellas fugaces caigan,
los búhos ululen en la distancia
y las silenciosas hojas estén calmas
en la densa sombra de la montaña,
mi alma sobre la tuya estará
con un poder y una señal.

Aunque tu sueño sea profundo
tu espíritu nunca dormirá:
hay sombras que no se desvanecerán,
recuerdos que no podrás desterrar;
por un poder que te es desconocido,
nunca más podrás hallar la soledad;
estás envuelto como en una mortaja,
estás rodeado por una nube,
y por siempre vivirás así oprimido
en el espíritu de este negro hechizo.

Aunque no me veas tú pasar,
con tus ojos igual me sentirás,
como algo que, aunque invisible,
a tu lado ha estado y aún allí seguirá;
y cuando, en ese secreto temor,
hayas girado tu cabeza alrededor,
te asombrarás al ver que no soy
como tu sombra en aquel lugar;
y el poder que entonces sentirás
será aquello que siempre ocultarás.

Y un mágico verso y una voz
te bautizaron con una maldición;
y un espíritu del aire
con un lazo te rodeó;
en el viento un susurro habrá
que te prohibirá el sosiego hallar;
la noche por siempre te negará
de la quietud de su cielo disfrutar;
y todo día un sol tendrá
que te hará desear verlo terminar.

De tus falsas lágrimas destilé
una esencia con poder para matar;
de tu corazón exprimí luego
tu negra sangre de su negro manantial;
de tu sonrisa arranqué la serpiente
que anidaba allí como en un matorral;
de tus palabras filtré una poción
que aún mayor toxicidad les confirió;
y, al probar cada veneno conocido,
el más letal resultó el de ti obtenido.

Por tu frío pecho y tu sonrisa ponzoñosa,
por las insondables simas de tu astucia,
por tu mirada falsamente virtuosa,
por la hipocresía de tu alma oculta;
por la perfección de tus negras artes,
que hacen que por humano pases;
por el placer que al dañar obtienes
y por los lazos que con Caín tú tienes,
¡te llamo ahora y te condeno
a que te vuelvas tu propio infierno!

Y sobre tu cabeza vierto el frasco
que te consagra a este funesto sino;
ni morir ni hallar descanso
estará ya en tu destino.
Aunque la muerte ansíes encontrar,
sólo miedo ella en ti engendrará.
¡Ved!, el hechizo ya se manifiesta,
estás atado por una invisible cadena;
tu corazón y tu mente ya sucumben
al poderoso maleficio, ¡ahora sufre!

P. B. Shelley

Himno a la Belleza Intelectual

I

La enorme sombra de un invisible Poder
  flota, aunque invisible, entre nosotros,
  visitando este variado mundo con alas tan inconstantes
como los vientos de verano que se arrastran de flor en flor.
Como rayos lunares que tras alguna montaña poblada de pinos
    se derraman, visita con inconstante mirada
    cada corazón y rostro humanos;
como matices y armonías del anochecer,
    como nubes extendidas bajo la luz de las estrellas,
    como el recuerdo de una música que huyó,
    como alguna cosa que por su gracia
puede sernos cara, y aún más cara por su misterio.

II

Espíritu de la Belleza, que consagras
  con tus propios matices todo aquello sobre lo que brillas
  de pensamiento o forma humanos, ¿a dónde te has ido?,
¿por qué nos abandonas y dejas a nuestro estado,
este oscuro y vasto valle de lágrimas, vacío y desolado?
    ¿Por qué la luz del sol no teje por siempre
    arco iris sobre aquel río de montaña?,
¿por qué algo debe perder y desteñir lo que alguna vez es mostrado?,
    ¿por qué el miedo, el sueño, la muerte y el origen
    proyectan sobre la luz diurna de esta tierra
    semejante lobreguez?, ¿por qué el hombre tiene tanto espacio
para el amor y el odio, el abatimiento y la esperanza?

III

Ninguna voz desde algún mundo más sublime ha jamás
  a sabio o poeta estas respuestas dado,
  por lo tanto los nombres de Demonio, Espíritu y Cielo
permanecen como constancia de sus vanos esfuerzos,
frágiles ensalmos cuyo encanto verbal no logra separar,
    de todo lo que oímos y todo lo que vemos,
    duda, azar y mutabilidad.
Tu luz sola, como niebla por sobre montañas conducida,
    o como música por el viento nocturno susurrada
    a través de las cuerdas de algún quieto instrumento,
    o como luz lunar sobre un arroyo en medianoche,
da gracia y verdad al intranquilo sueño de la vida.

IV

El amor, la esperanza y la autoestima como nubes
   vienen y van, prestados por algunos inciertos momentos.
   El hombre sería inmortal, y omnipotente,
si tú, desconocida y temible como eres,
tomaras con tu glorioso séquito firme estado dentro de su corazón.
    Tú, mensajera de conmiseración,
   que creces y menguas en los ojos de los amantes,
¡tú, que para el pensamiento humano alimento eres,
   como la oscuridad para una llama moribunda!,
   no partas así como tu sombra vino,
   no partas, no sea que la tumba pueda ser,
como la vida y el miedo, una oscura realidad.

V

Mientras aún era yo un niño buscaba fantasmas, y vagué
   a través de muchas expectantes cámaras, cuevas, ruinas y bosques
   bajo la luz de las estrellas persiguiendo, con temerosos pasos,
esperanzas de elevado diálogo con aquellos que partieron.
Invoqué venenosos nombres con los que nuestra infancia es nutrida;
   no fui oído; no los pude ver;
   cuando, mientras pensaba profundamente en el destino
de la vida, en esa fresca hora en la que los vientos están cortejando
   a todos los seres vivos que despiertan
   para llevar noticias de aves y de florecimientos,
   de súbito tu sombra cayó sobre mí
y grité y junté mis manos en éxtasis.

VI

Juré que dedicaría todas mis facultades
   a ti y a lo tuyo... ¿acaso no he mantenido el juramento?
   Con corazón agitado y ojos llorosos,
aun ahora llamo a los fantasmas de pasadas horas,
a cada uno de su silencioso sepulcro: en soñadas glorietas
   de estudioso celo o de deleite amoroso,
   ellos han velado conmigo durante toda la envidiosa noche;
ellos saben que jamás la alegría iluminó mi frente
   sino en la esperanza de que tú liberarías
   a este mundo de su oscura esclavitud;
   de que tú, oh, enorme Hermosura,
darías todo lo que estas palabras no pueden expresar.

VII

El día se vuelve más solemne y sereno
   cuando el mediodía ha pasado; hay una armonía
   en otoño, hay un brillo en su cielo,
que durante el verano no se oyen ni se ven,
como si no pudiesen ser, ¡como si jamás hubiesen sido!
    Que así tu poder, que como la verdad
   de la naturaleza sobre mi pasiva juventud
descendió, a lo que resta de mi vida otorgue
   su calma; a uno que te adora a ti
   y a cada forma que a ti te contiene;
   a uno a quien, bello Espíritu, tus hechizos ataron
a temerse a sí mismo y a amar a todo el género humano.

Oda al Viento Oeste

I

Oh, salvaje Viento Oeste, aliento del Otoño,
tú, de cuya invisible presencia las hojas muertas
se alejan, como espectros que de un hechicero huyeran,

en pestilentes multitudes amarillas, negras,
pálidas y de enfermizos rojos; oh, tú,
que conduces a su oscuro lecho invernal

a las aladas semillas, en donde quedarán frías y abatidas,
cada una como un cadáver en su tumba,
hasta que tu azul hermana de Primavera sople

su clarín sobre la tierra que sueña y llene
(llevando suaves brotes cual rebaños que en el aire pacieran)
con vivos matices y fragancias llanura y colina;

salvaje Espíritu, que por todos lados te mueves,
destructor y protector, ¡escucha, oh, escucha!

II

Tú, en cuya corriente, en medio de la alta conmoción del cielo,
solitarias nubes como las hojas marchitas de la tierra caen,
sacudidas de las enmarañadas ramas del Cielo y el Océano,

heraldos de lluvia y relámpago; dispersas están
por la azul superficie de tu aéreo oleaje,
como brillante cabello alborotado en la cabeza

de una furiosa ménade[1], desde el oscuro extremo
del horizonte hasta lo alto del cénit,
los rizos de la inminente tormenta; tú, canto fúnebre

del año en agonía, para quien esta noche que se cierra
será la cúpula de un vasto sepulcro
abovedado por toda tu congregada fuerza

de vapores, de cuya densa atmósfera estallarán
lluvia negra, fuego y granizo, ¡oh, escucha!

---

[1] Las ménades o bacantes eran sacerdotisas y seguidoras del culto a Dioniso (Baco entre los romanos) que celebraban bacanales en los bosques entregándose al desenfreno y a éxtasis orgiásticos que no pocas veces culminaban en frenética vesania. Varios episodios de homicidios y descuartizamientos las tienen como protagonistas, entre ellos, el del célebre músico Orfeo y el de Penteo, rey de Tebas. Llevaban el cabello suelto, de donde nace la comparación de Shelley.

III

Tú, que de sus sueños estivos has despertado
al azul Mediterráneo, allí donde yacía,
arrullado por el serpenteo de sus cristalinas corrientes,

junto a una isla volcánica en la bahía de Baia[2],
y que dormido has visto antiguos palacios y torres
temblando bajo la intensa claridad de las olas,

todos cubiertos de musgo azul y de flores
tan puras que los sentidos desfallecen al describirlas;
tú, por cuyo paso los nivelados poderes del Atlántico

se hienden en abismos, mientras que, muy por debajo,
las flores marinas y las algas que conforman
el marchito follaje del océano reconocen

tu voz y súbitamente se ponen grises de pavor
y tiemblan y se desnudan, ¡oh, escucha!

IV

Si yo fuese una hoja muerta que tú arrastraras,
si fuese una veloz nube para volar contigo,
una ola para palpitar bajo tu poder y compartir

el impulso de tu fuerza, aunque con menos libertad
que tú, ¡oh, incontrolable!; o si incluso
fuese yo como en mi juventud y pudiese

el compañero de tus vagabundeos por los cielos ser,
como entonces, cuando sobrepasar tu aérea rapidez
apenas parecía una ilusión, nunca me habría esforzado

en así rezarte desde mi dolorosa miseria.
¡Oh, elévame como a una ola, una hoja, una nube!
¡Caigo sobre las espinas de la vida! ¡Estoy sangrando!

Un importante peso de horas ha encadenado e inclinado
a uno muy parecido a ti: indómito, veloz y orgulloso.

---

[2] Baia (o Bayas), ciudad situada en la costa de Nápoles, fue un centro balneario de aguas
termales muy frecuentado por la aristocracia romana y en el que incluso Julio César y los
emperadores tuvieron suntuosas villas de descanso. Debido al carácter volcánico de su suelo, gran parte de la ciudad quedó sumergida bajo las aguas y es ahora un parque arqueoló-
gico subacuático.

                               V

Hazme tu lira, aun tal como el bosque lo es:
¡si mis hojas están cayendo como las suyas!
El tumulto de tus poderosas armonías

de ambos un profundo tono otoñal tomaría,
melodioso aunque lleno de tristeza. ¡Sé tú, Espíritu feroz,
mi propio espíritu! ¡Seamos uno, impetuoso!

¡Conduce a mis pensamientos muertos sobre el universo
como a hojas marchitas para acelerar una nueva vida!
¡Y, por el hechizo de estos versos, esparce,

como de un fuego no extinto cenizas y chispas,
mis palabras entre los pueblos y los hombres!
¡Sé a través de mis labios, para la tierra aún dormida,

como la trompeta de una profecía! ¡Oh, Viento!,
si el Invierno viene, ¿puede la Primavera hallarse lejos?

John Keats

Oda a un ruiseñor

I

El corazón me duele y un pesado sopor aturde
  mis sentidos, como si hubiese bebido cicuta
o apurado algún fuerte narcótico hasta el fondo
  un minuto atrás y me hubiese sumergido en el Leteo[1];
y no por envidia de tu feliz destino,
  sino estando feliz a causa de tu felicidad,
    de que tú, dríade de alas ligeras de los árboles,
      en algún melodioso lugar
de verdes hayas y sombras incontables
    a pleno pulmón cantas del verano con inmensa soltura.

II

¡Oh, lo que daría por un trago de vino que hubiese sido
  enfriado mucho tiempo en la tierra profundamente cavada,
que supiese a Flora[2] y al verde de los campos,
  a danza, a cantos provenzales y a soleado gozo!
¡Oh, lo que daría por un jarro del tibio Sur,
  lleno del verdadero, del rojo Hipocrene[3],
    con cuentas burbujeantes pestañeando en sus bordes
      y la boca de púrpura manchada,
de modo que pudiese beber y dejar el mundo sin ser visto
  para contigo desvanecerme en los bosques sombríos!

III

Desvanecerme lejos, disolverme y olvidar
  lo que tú entre las hojas nunca has conocido:
el cansancio, la fiebre y las angustias propias de este lugar,
  donde los hombres se sientan y se escuchan gemir;
donde el temblor sacude unos pocos, tristes, últimos cabellos grises;
  donde la juventud palidece, se vuelve un espectro y muere;
    donde sólo pensar significa llenarse de tristeza
      y de una desesperación de lóbrega mirada;
donde la Belleza no puede en sus ojos mantener el brillo
  y el nuevo Amor se cansa de ellos después de mañana.

---

[1] Uno de los ríos del Hades, aquel cuyas aguas conferían el olvido y del que las sombras de los muertos bebían para olvidar su existencia terrena.

[2] Diosa romana de la primavera, los frutos y las flores, equivalente a la Cloris griega.

[3] Hipocrene era la fuente de las musas, ubicada en el monte Helicón.

IV

¡Lejos, lejos!, pues volaré hacia ti,
  no en el carro de Baco y sus leopardos,[4]
sino en las invisibles alas de la Poesía,
  aunque la torpe mente quede perpleja y se retrase.
¡Ya mismo contigo! Tierna es la noche,
  y quizás la reina Luna se encuentre ya en su trono,
    rodeada por todas sus hadas estelares,
        pero aquí no hay luz,
  salvo la que desde el cielo es por las brisas empujada
    a través de frondosas sombras y serpenteantes sendas musgosas.

V

No puedo ver qué flores hay a mis pies
  ni qué suave incienso cuelga de las ramas,
pero, en la fragante oscuridad, adivino
  cada dulce encanto con que el propicio mes dota
a la hierba, el matorral y el monte de árboles frutales,
  al blanco espino y la pastoral eglantina,
    a siempre moribundas violetas cubiertas de hojas
        y a la hija primogénita de mediados de mayo,
  la rosa almizcleña que pronto nacerá, llena de embriagante rocío,
    y que atraerá el murmullo de los insectos en las noches de verano.

VI

Entre las sombras escucho; y, aunque ya muchas veces
  me he enamorado un poco de la apacible Muerte
y le he dado dulces nombres en varias rimas inspiradas
  para llevar al aire mi tranquilo aliento,
ahora más que nunca parece hermoso morir,
  dejar de ser a la medianoche sin dolor,
    mientras tú estás derramando tu alma lejos
        en semejante éxtasis.
  Aún seguirías cantando, y yo tendría oídos en vano,
    vuelto tierra para tu sublime réquiem.

---

[4] Solía representarse a Baco en un carro tirado por leopardos.

VII

¡No has nacido para la muerte, ave inmortal!
    No te han derribado las generaciones hambrientas;
la voz que escucho en esta noche fugaz fue oída
    en tiempos antiguos por emperador y bufón;
quizás es el mismo canto que encontró un camino
    por el abatido corazón de Rut cuando, nostálgica de su tierra,
        derramó sus lágrimas en medio del maizal extranjero;[5]
            el mismo que con frecuencia
ha hechizado mágicas ventanas que se abrían a la espuma
    de peligrosos mares en tierras de hadas ya olvidadas.

VIII

¡Olvidadas!, la misma palabra es como una campana
    que tañendo me aleja de ti hacia mi soledad.
¡Adiós!, la fantasía no puede engañar tan bien
    como su fama cuenta, elfo embustero.
¡Adiós, adiós!, tu himno lastimero se desvanece
    más allá de estos prados, sobre el tranquilo arroyo,
        ladera arriba, y ahora se hunde profundamente
            en los cercanos claros del valle:
    ¿fue una visión o un sueño de vigilia?
        Ha huido la música... ¿despierto o estoy dormido?

---

[5] Alusión a la historia de la moabita que da nombre al libro de Rut, el octavo de la Biblia. Tras emigrar de Moab y establecerse en Belén, Rut se ganó el sustento trabajando en el campo de Boaz, quien finalmente la desposó y fue con ella padre de Obed, abuelo paterno del rey David.

La Belle Dame sans Merci

I

Oh, ¿qué puede afligirte, caballero armado,
que vagas tan pálido y tan solitario?
El junco está marchito en el lago
y de aves no hay un solo canto.

II

Oh, ¿qué puede afligirte, caballero armado,
que te ves tan macilento y tan apenado?
Lleno está el granero de la ardilla
y la cosecha ya ha sido recogida.

III

En tu frente veo un lirio
humedecido de angustia y de febril rocío,
y en tu mejilla una rosa desteñida
velozmente también se marchita.

IV

«Encontré a una dama en el prado,
muy hermosa, una doncella de las hadas;
su cabello era largo, sus pies eran ligeros,
y salvajes sus ojos miraban.

V

»Hice una guirnalda para su cabeza,
y también brazaletes y un fragante cinturón;
me miró ella al tiempo en que me amaba
y un dulce gemido profirió.

VI

»La senté sobre mi corcel al paso
y en todo el día ya no vi más nada,
pues hacia un lado ella se inclinaba
entonando una canción de hadas.

VII

»Me encontró raíces de dulce sabor,
y miel silvestre y rocío de maná;
y en una extraña lengua me dijo:
"¡Te amaré con fidelidad!".

VIII

»A su gruta élfica me llevó,
y allí lloró y suspiró con aflicción,
y allí cerré sus ojos frenéticos
con cuatro largos besos.

IX

»Y allí me arrulló hasta que me dormí,
y allí soñé, ¡ah, presagio de tormento!,
el último sueño que jamás soñé
en la ladera del frío cerro.

X

»Vi pálidos reyes, y príncipes también,
pálidos guerreros, todos con una palidez de muerte;
y al verme me gritaron: "¡La Bella Dama sin Piedad
esclavizado te tiene!".

XI

»Vi sus hambrientos labios en la oscuridad
en horrible advertencia abiertos,
y entonces desperté y aquí me encontré,
en la ladera del frío cerro.

XII

»Y es por eso que permanezco aquí,
vagando tan pálido y tan solitario
aunque el junco esté marchito en el lago
y de aves no haya un solo canto».

Alfred Tennyson

Lágrimas, vanas lágrimas

Lágrimas, vanas lágrimas, no sé lo que significan,
lágrimas que de lo profundo de alguna divina pena
surgen en el corazón y asoman a los ojos
al contemplar los felices campos de otoño
pensando en los días que ya no son.

Frescos como el primer rayo que ilumina una vela
que trae a nuestros amigos de vuelta del mundo inferior,
tristes como el último que resplandece rojo sobre otra
que se hunde en el horizonte con todo cuanto amamos,
así de tristes, así de frescos, los días que ya no son.

Tristes y extraños como en una oscura aurora estival
suenan los primeros trinos de aves aún adormiladas
a los oídos de un moribundo, cuando a sus agonizantes ojos
la ventana se define lentamente en un cuadrado luminoso,
así de tristes, así de extraños, los días que ya no son.

Caros como besos recordados tras la muerte,
dulces como los imaginados por una fantasía sin esperanzas
sobre labios que son para otros; profundos como el amor,
profundos como un primer amor, y locos de arrepentimiento,
¡oh, muerte en vida!, los días que ya no son.

Titono[1]

Los bosques perecen, los bosques perecen y caen;
las nubes lloran su carga sobre la superficie terrestre;
el hombre llega, labra la tierra, y luego yace bajo ella;
tras un largo número de veranos, el cisne muere.
Sólo yo soy por la cruel inmortalidad consumido:
lentamente entre tus brazos me marchito,
aquí, en los silenciosos confines del mundo,
una canosa sombra que vaga como un sueño
por los siempre tranquilos páramos del Este,
los campos de neblina y los dorados salones del alba.

¡Ay de esta gris sombra, una vez un hombre!,
tan glorioso en su belleza y en tu decisión,
cuando me hiciste tu elegido, que le parecía
a su gran corazón que no era sino un dios.
Te solicité que me otorgases la inmortalidad,
y con una sonrisa a mi deseo accediste,
como alguien rico que de nada se preocupa al dar.
Pero las poderosas horas[2] obraron su voluntad
y me abatieron, me desfiguraron, me arrasaron,
y, aunque no pudieron ponerme fin, me estropearon
para morar en presencia de juventud inmortal,
una edad inmortal junto a una inmortal juventud;
y todo lo que fui, en cenizas. ¿Puede tu amor,
tu belleza, enmendarlo, aunque incluso ahora,
próxima sobre nosotros, tu estrella plateada,
tu guía, brilla en esos trémulos ojos que se llenan
de lágrimas al oírme? Déjame ir; retira tu don.
¿Por qué habría de desear un hombre variar
en algún modo de la amable raza humana
o trascender esos confines de lo ordinario
en los que todos, como conviene, deberían detenerse?

Una leve brisa aleja las nubes: allí puedo
vislumbrar ese oscuro mundo en el cual nací.
Una vez más surge ese viejo fulgor misterioso
en tu pura frente, en tus puros hombros
y en ese pecho que palpita con un corazón renovado.

---

[1] Titono, hijo del rey troyano Laomedonte y, por ende, hermano de Príamo y tío de Héctor y Paris, fue un mortal de cuya belleza se enamoró Eos, la diosa de la aurora, quien le pidió a Zeus que le confiriese la inmortalidad, si bien olvidó pedirle que le concediese también la eterna juventud, por lo que Titono se fue consumiendo hasta que sólo quedó de él la voz.

[2] Las horas eran diosas benévolas que simbolizaban, entre los helenos, el orden de la naturaleza y los cambios regulares de las estaciones.

Tus mejillas se ruborizan en la penumbra
y tus dulces ojos se encienden lentamente
antes de cegar a las estrellas y de que el tiro
que te ama, anhelando tu yugo, despunte,
sacuda la oscuridad de sus sueltas crines
y arranque chispas de fuego al crepúsculo.

¡Ay!, siempre te vuelves más hermosa así,
en el silencio, y, antes de darme una respuesta,
partes, dejando tus lágrimas sobre mis mejillas.

¿Por qué me asustarás siempre con tus lágrimas,
haciéndome temblar ante la idea de que sea cierto
ese dicho aprendido hace mucho en la oscura Tierra:
«Los dioses no pueden retirar sus dones»?

¡Ay de mí, ay de mí! Con qué corazón distinto,
y con qué distintos ojos, solía antaño contemplar
—si es que aún soy yo aquel que contemplaba—
la luminosa silueta que se formaba a tu alrededor
cuando tus oscuros rizos se volvían anillos soleados;
y cambiar con tu místico cambio; y sentir mi sangre
resplandecer con el resplandor que teñía de escarlata
toda tu presencia y tus portales, mientras yo yacía
con mi boca, mi frente y mis párpados templándose
con el rocío de besos más balsámicos que brotes de abril
a medio florecer y oyendo a los labios que me besaban
susurrar no sé qué cosas dulces y salvajes,
similares a esa extraña canción que oí a Apolo cantar
cuando las torres de Ilión[3] como neblina se elevaban.

Mas no me retengas para siempre en tu Este;
¿cómo puede ya mi naturaleza mezclarse con la tuya?
Fríamente me bañan tus rosadas sombras, frías
son todas tus luces, y fríos son mis arrugados pasos
sobre tus luminosos umbrales cuando la niebla flota
desde esos lóbregos valles que albergan los hogares
de dichosos hombres que tienen la posibilidad de morir
y los musgosos túmulos de aún más dichosos muertos.
¡Oh, libérame de una vez y devuélveme a la Tierra!
Tú ves todas las cosas y podrás ver mi sepulcro;
renovarás tu belleza de mañana en mañana;
y yo, polvo en el polvo, olvidaré estas vacías cortes
y a ti retornando en tu brillante carro de plata.

---

[3] Ilión, de donde deriva el título de la *Ilíada*, era el nombre que los griegos daban a la antigua ciudad de Troya.

Algernon Charles Swinburne

El jardín de Proserpina[1]

Aquí, donde el mundo yace inmóvil,
   aquí, donde todo movimiento parece
el tumulto de olas rotas y vientos muertos
   en dudosos sueños de sueños,
observo el verde campo que crece
para el cultivo y la siembra del hombre,
para los tiempos de cosecha y de siega,
   un adormilado mundo de arroyos.

Estoy cansado de las lágrimas y la risa,
   y de los hombres que ríen y lloran;
de todo lo que pueda suceder en el futuro
   con aquellos que siembran para cosechar;
estoy cansado de los días y las horas,
de los caídos capullos de estériles flores,
de los deseos, los sueños y el poder,
   y de absolutamente todo salvo el reposo.

Aquí la vida tiene a la muerte por vecina,
   y, muy lejos de la vista y el oído,
húmedos vientos y débiles olas palpitan
   y frágiles barcas y espíritus navegan;
flotan a la deriva, y quienes allí zarpan
nunca saben a dónde arribarán;
pero no soplan tales vientos aquí
   ni existen tales cosas en este lugar.

No crecen aquí ni matas ni sotos,
   ni flores de brezo ni viñas;
sólo amapolas que jamás florecen,
   verdes uvas de Proserpina
y pálidos lechos de ondulantes juncos
donde ninguna planta da fruto o flor,
salvo aquellas de las que el mortuorio vino
   que beben los muertos es extraído.

---

[1] Diosa romana, hija de Júpiter y Ceres, equivalente a la Perséfone griega. Raptada y tomada como esposa por el dios infernal Plutón, con quien pasó a reinar los mundos inferiores, obtuvo por intercesión de su desesperada madre el favor de poder pasar una temporada al año en la Tierra, lo cual la convirtió en un símbolo de la fertilidad estacional de la primavera y el verano.

Pálidos, sin número o nombre,
    en infructíferos campos de maíz
se inclinan y dormitan toda la noche
    hasta que el alba comienza a rayar
y, como un alma que llega tarde
sin compañía en el Cielo y el Infierno,
por las nubes y las nieblas atenuada
    surge de las tinieblas la mañana.

Aunque uno sea fuerte como siete,
    lo mismo con la muerte habrá de morar,
y no despertará con alas en el Cielo
    ni llorará por tormentos en el Infierno;
aunque uno sea bello como rosas,
su belleza se enturbiará y morirá,
y, por más que el amor descanse,
    al final ya nada será igual.

Pálida, detrás de atrio y portal,
    coronada con calmas hojas,
aguarda aquella que cosecha lo mortal
    con frías e inmortales manos;
sus lánguidos labios son más dulces
que los del amor, que teme encontrarla,
para todos aquellos que la conocieron
    en todo tiempo y todo lugar.

Ella espera por unos y otros,
    por todo hombre que nació,
olvidándose de su madre la tierra
    y de la vida de frutos y mieses;
y primavera, semilla y golondrina
levantan vuelo por ella y la siguen
a donde el canto del verano suena falso
    y menospreciadas las flores son.

Allí van los amores marchitos,
    los viejos amores de alas fatigadas;
hacia allí se arrastran los años idos
    y todo lo que funesto pueda ser:
muertos sueños de días olvidados,
ciegos brotes que las nieves han helado,
rojos vestigios de abatidas primaveras
    y secas hojas arrancadas por los vientos.

No estamos seguros de la tristeza,
   y la alegría segura nunca fue;
el mismo hoy morirá mañana;
   el tiempo ante nadie se detendrá;
y el amor, vuelto frágil e irritable,
con labios algo arrepentidos suspira
y con ojos llenos de olvido llora
   por el que ningún amor pueda durar.

Por el excesivo amor a la vida,
   por la falta de miedo y esperanza,
agradecemos en breves palabras,
   a cualquier dios que pueda ser,
que ninguna vida dure para siempre,
que los muertos jamás asciendan
y que hasta el más cansado río
   en algún punto llegue al mar.

Ni sol ni estrella surgirán entonces,
   ni cambio alguno de luz;
ni fragor de aguas agitadas,
   ni ningún sonido o visión;
ni hoja primaveral ni invernal,
ni día ni objeto diurno alguno;
tan sólo el eterno, eterno sueño
   en la noche de la eternidad.

Edgar Allan Poe

El cuervo

En una sombría medianoche, mientras meditaba, débil y cansado,
sobre varios raros y curiosos volúmenes de saber olvidado,
y mientras cabeceaba, casi adormeciéndome, oí de pronto un golpear,
como de alguien suavemente llamando a la puerta de mi cámara.
«Es algún visitante —murmuré— golpeando a la puerta de mi cámara,
sólo eso y nada más».

¡Ah!, claramente recuerdo que fue en el frío diciembre,
y cada agonizante rescoldo proyectaba su fantasma sobre el suelo.
Con ansias esperaba yo el amanecer; en vano había buscado encontrar
en mis libros alivio de la tristeza, tristeza por la perdida Lenore,
por la preciosa y radiante doncella a quien los ángeles llaman Lenore,
sin nombre aquí por siempre jamás.

Y el sedoso, triste, incierto susurrar de cada cortinado púrpura
espantábame, llenándome de fantásticos terrores nunca antes sentidos;
entonces, para el latir de mi corazón aquietar, me puse de pie repitiendo:
«Es algún visitante solicitando entrada a la puerta de mi cámara,
algún tardío visitante solicitando entrada a la puerta de mi cámara;
eso es y nada más».

Entonces mi alma cobró vigor y, ya no vacilando más:
«Señor —dije— o señora, verdaderamente imploro vuestro perdón,
pero el hecho es que adormecíame yo, y tan suavemente llamasteis,
tan débilmente golpeasteis, golpeasteis a la puerta de mi cámara,
que apenas estaba seguro de que os oía», y abrí entonces la puerta;
la oscuridad allí y nada más.

Escudriñando esa oscuridad, me quedé ahí preguntándome, temiendo,
dudando, soñando sueños que ningún mortal antes se atrevió a soñar;
pero el silencio no fue roto, y la quietud no delató señal alguna,
y la única palabra allí pronunciada fue el susurro de «¡Lenore!».
Eso susurré, y un eco murmuró en respuesta la palabra de «¡Lenore!».
Eso únicamente y nada más.

De vuelta a la cámara volviéndome, con mi alma ardiendo en mi interior,
pronto oí nuevamente un golpear, algo más fuerte que el anterior.
«De seguro —dije—, de seguro es algo en el enrejado de mi ventana;
veamos, pues, qué es lo que allí hay y este misterio exploremos;
que mi corazón se aquiete un momento y este misterio exploremos;
es el viento y nada más».

Bruscamente abrí los postigos, y entonces, entre revoloteos y aleteos,
se introdujo un majestuoso Cuervo de los santos días de antaño.
No realizó la menor reverencia, ni por un instante se detuvo o serenó,
sino que, con porte señorial, sobre la puerta de mi cámara se posó,
en un busto de Palas[1] situado sobre la puerta de mi cámara se posó,
se posó, se quedó quieto y nada más.

Llevando entonces esta ave de ébano mi triste fantasía a la sonrisa
por el adusto y severo decoro que su aspecto exhibía,
«Aunque tu cresta esté afeitada —dije—, sin duda no eres cobarde,
lúgubre y viejo Cuervo que vagas desde la costa nocturna;
¡dime cuál es tu nombre señorial en la costa plutoniana de la Noche!».
Dijo el Cuervo: «Nunca más».

Mucho me maravilló oír a esa tosca ave hablar tan claramente,
aunque su respuesta poco significado, poca relevancia encerrara,
pues no podemos dejar de admitir que ningún ser humano vivo
ha sido aún bendecido con un ave sobre la puerta de su cámara,
un ave o bestia sobre la escultura que corona la puerta de su cámara,
con tal nombre como «Nunca más».

Pero el Cuervo, solitario sobre el apacible busto, se limitó a decir
esas únicas palabras, como si su alma entera en esos vocablos vertiera.
Nada más pronunció entonces, ni una pluma sacudió entonces,
hasta que yo apenas musité: «Otros amigos se han ido antes;
en la mañana me abandonará, así como mis esperanzas se han ido antes».
Entonces dijo el ave: «Nunca más».

Sorprendido al ver el silencio quebrado por respuesta tan oportuna,
«Sin duda —observé—, lo que pronuncia es su único repertorio,
sacado de algún desdichado maestro a quien el cruel Desastre persiguió
cada vez más tenazmente hasta que sus cantos llevaron un solo estribillo,
hasta que las endechas de su esperanza llevaron ese melancólico estribillo
de "Nunca... nunca más"».

Pero, aún llevando el Cuervo toda mi fantasía a la sonrisa,
empujé un sillón almohadillado justo frente al ave, el busto y la puerta,
y entonces, hundiéndome en el terciopelo, me apliqué a encadenar
idea con idea, pensando en qué cosa aquella ominosa ave de antaño,
aquella lúgubre, tosca, espectral, macilenta y ominosa ave de antaño
querría decir graznando «Nunca más».

---

[1] Palas Atenea (Minerva entre los romanos) era la diosa helénica de la guerra, la sabiduría y
la civilización. Solía ser representada con un casco elevado sobre la cabeza.

Permanecí entregado a conjeturar aquello, pero sin dirigir sílaba alguna
al ave cuyos ardientes ojos ahora quemaban el centro de mi pecho;
permanecí intentando adivinar aquello y más, con mi cabeza reclinada
sobre el terciopelo del almohadón que la luz de la lámpara bañaba,
pero cuyo revestimiento de terciopelo por la luz de la lámpara bañado
ella ya no presionará, ¡ah, nunca más!

El aire se tornó más denso, como perfumado por un invisible incensario
mecido por serafines cuyas pisadas tintinearan sobre el piso alfombrado.
«¡Miserable! —grité—. Tu Dios te ha prestado, por medio de estos ángeles
te ha enviado, respiro... respiro y nepente[2] para tus memorias de Lenore;
¡bebe, oh, bebe este generoso nepente y olvida a tu perdida Lenore!».
Dijo el Cuervo: «Nunca más».

«¡Profeta! —dije—, ¡criatura del mal!, ¡profeta seas ave o demonio!,
te haya enviado el Tentador o te haya empujado hasta aquí la tempestad,
desamparado si bien imperturbable, a estas desiertas tierras encantadas,
a este hogar por el Horror perseguido, dime sinceramente, te lo imploro,
si hay... *si hay* bálsamo en Galaad[3]. ¡Dímelo, dímelo, te lo imploro!».
Dijo el Cuervo: «Nunca más».

«¡Profeta! —dije—, ¡criatura del mal!, ¡profeta seas ave o demonio!,
por ese cielo que hay sobre nosotros, por ese Dios que ambos adoramos,
dile a esta alma cargada de aflicción si, en el distante Aidenn[4],
abrazará a una santa doncella a quien los ángeles llaman Lenore,
a una preciosa y radiante doncella a quien los ángeles llaman Lenore».
Dijo el Cuervo: «Nunca más».

«¡Sea esa nuestra señal de despedida, ave del demonio! —grité—.
¡Regresa a la tempestad y a la costa plutoniana de la Noche! ¡No dejes
ni una negra pluma como recuerdo de esa mentira que tu alma ha dicho!
¡Deja en paz mi soledad y abandona el busto que corona mi puerta!
¡Saca tu pico de mi corazón y aparta tu forma de mi puerta!»
Dijo el Cuervo: «Nunca más».

Y el Cuervo, sin nunca volar, aún permanece, *aún* permanece
sobre el pálido busto de Palas que corona la puerta de mi cámara;
y sus ojos tienen toda la apariencia de ser los de un demonio que sueña;
y la luz de la lámpara, al fluir sobre él, proyecta su sombra en el suelo;
y, de esa sombra que en el suelo yace flotando, mi alma no será elevada...
¡ah!, nunca más.

---

[2] Bebida mitológica a la que las divinidades griegas acudían para aliviar sus dolores y curar sus heridas, y que además producía, como las aguas del río Leteo, el olvido.

[3] Referencia al libro de Jeremías, 8, vers. 22: «¿No hay acaso bálsamo en Galaad?, ¿no hay allí médico?». Galaad es el nombre bíblico que recibía la región de Transjordania.

[4] Forma arábiga de la palabra *Edén*, usada aquí por Poe para referirse al Paraíso.

La durmiente

A la medianoche, en el mes de junio,
camino bajo una luna mística.
Un narcótico vapor, tenue como rocío,
se derrama de su dorado borde
y, cayendo suavemente, gota a gota,
sobre la silenciosa cima de la montaña,
de manera musical y somnolienta
se introduce en el valle universal.
El romero se inclina sobre el sepulcro;
el lirio se recuesta sobre la ola;
mientras la niebla envuelve su seno,
la ruina se deteriora en el reposo;
y el lago, asemejándose al Leteo,
parece dormitar conscientemente,
y no va, por el mundo, a despertar.
¡Toda la Belleza duerme!, ¡y ved allí,
donde Irene yace con sus Destinos!

¡Oh, hermosa dama!, ¿puede estar bien
esta ventana abierta a la noche?
Desde los árboles, impúdicas brisas
a través del enrejado se filtran riendo;
incorpóreas como alborotadas hechicerías,
revolotean por tu cámara entrando y saliendo,
y hacen ondear el cortinado dosel
tan caprichosa y espeluznantemente
sobre esos cerrados y orlados párpados
bajo los cuales se oculta tu durmiente alma
que, sobre el suelo y por las paredes,
como espectros las sombras se desplazan.

¡Oh, querida dama!, ¿no tienes miedo?
¿Por qué y qué cosa estás allí soñando?
De seguro has venido de mares lejanos,
una maravilla para estos árboles de jardín.
¡Cuán extraños son tu vestido, tu palidez
y, sobre todo, el largo de tus cabellos,
así como este solemne silencio!

La dama duerme. ¡Oh, que su sueño,
que es duradero, sea también profundo!
¡Que el Cielo la tenga en su sagrado seno,
en una cámara mucho más pura que esta
y en un lecho aún más melancólico!
¡A Dios ruego que pueda ella descansar
con sus ojos por siempre cerrados
mientras los pálidos fantasmas a su lado pasan!

¡Mi amor, ella duerme! ¡Oh, que su sueño,
así como es eterno, sea también profundo!
¡Que suaves los gusanos sobre ella se arrastren!
Puede que lejos, en el bosque sombrío y añoso,
para ella alguna elevada cripta se abra,
alguna cripta cuyos negros y alados paneles
a menudo se hayan levantado y desplegado,
triunfantes, sobre los suntuosos ataúdes
de los funerales de su distinguido linaje;
algún viejo sepulcro, remoto y solitario,
contra cuyo portal ella haya arrojado
en su infancia varias piedras ociosas;
alguna tumba de cuya resonante puerta
ya no volverá a forzar un eco para creer
con emoción, ¡pobre hija del pecado!,
que eran los muertos gimiendo del otro lado.

Solo

Desde la hora de mi niñez nunca fui
como los otros eran, nunca vi
como los otros veían, jamás pude extraer
mis pasiones de un manantial común
ni obtener de sus mismas fuentes
mi tristeza, nunca pude despertar
mi corazón a la alegría en su mismo tono,
y todo lo que amé lo amé solo.
Entonces, en mi niñez, en el amanecer
de una tormentosa vida, surgió,
del fondo de cada dicha y pesar,
el misterio que aún me tiene atado:
del torrente y el manantial,
del rojo acantilado de la montaña,
del sol que sobre mí rodó
en su otoñal tinte de oro,
del relámpago en el cielo
al pasarme volando a un lado,
del trueno y la tormenta,
y de la nube que tomó la forma,
cuando el resto del cielo estaba azul,
de un demonio ante mis ojos.

Ulalume

Los cielos estaban cenicientos y sobrios,
    las hojas estaban secas y marchitas,
    las hojas estaban mustias y marchitas;
era una noche del solitario octubre
    de mi año más difícil de recordar;
era muy cerca del sombrío lago de Auber,
    en la neblinosa región central de Weir;
era cerca de la húmeda marisma de Auber,
    en el bosque asediado por vampiros de Weir.

Allí una vez, a través de un titánico paseo
    de cipreses, vagué con mi Alma;
    entre cipreses, con Psique[1], mi Alma.
Eran los tiempos en que mi corazón era volcánico
    como los ríos de escoria que ruedan,
    como las lavas que sin descanso hacen rodar
sus sulfurosas corrientes por el monte Yaanek
    en los más extremos climas del polo;
que gimen mientras ruedan por el monte Yaanek
    en los gélidos reinos del polo boreal.

Nuestro diálogo había sido serio y sobrio,
    pero nuestras decrépitas mentes estaban marchitas,
    nuestras traicioneras memorias estaban marchitas,
pues no sabíamos que el mes era octubre,
    y no advertimos la noche del año
    (¡ah, la noche entre todas las noches del año!),
ni reconocimos el sombrío lago de Auber
    (aunque ya una vez habíamos ido hasta allí),
ni recordamos la húmeda marisma de Auber,
    ni el bosque asediado por vampiros de Weir.

Y entonces, mientras la noche estaba senescente
    y los cuadrantes estelares indicaban la mañana,
    y los cuadrantes estelares insinuaban la mañana,
sobre el final de nuestro camino surgió
    un licuescente y nebuloso resplandor
del cual un milagroso cuarto creciente
    con cuerno duplicado se levantó;
el cuarto creciente de diamantes de Astarté[2],
    distintivo por su cuerno duplicado.

---

[1] Psique era, entre los helenos, la representación del alma humana.

[2] Diosa fenicia (equivalente a la Innana sumeria, la Ishtar asiria, la Venus romana, etc.) de la fertilidad y el amor. Solía ser representada con una luna creciente sobre la cabeza.

Y dije: «Es más cálida que Diana[3]:
      rueda a través de un éter de suspiros,
      se recrea en una región de suspiros;
ha visto que las lágrimas no están secas
      en estas mejillas, donde el gusano nunca muere,
y ha dejado atrás las estrellas del León[4]
      para indicarnos el camino a los cielos,
      a la paz letea de los cielos;
asciende, a pesar del León, para brillar
      sobre nosotros con sus centelleantes ojos;
asciende, a través de la guarida del León,
      con amor en sus luminosos ojos».

Pero Psique, levantando un dedo, dijo:
      «Lamentablemente, de esa estrella desconfío;
      extrañamente, de su palidez desconfío.
¡Oh, apresúrate! ¡Oh, no nos demoremos!
      ¡Oh, huye, huyamos, pues debemos hacerlo!».
Habló aterrorizada, dejando caer
      sus alas hasta arrastrarlas por el polvo;
en agonía sollozó, dejando caer
      sus plumas hasta arrastrarlas por el polvo,
      hasta arrastrarlas dolorosamente por el polvo.

Le respondí: «Esto no es más que sueño:
      ¡continuemos bajo esta trémula luz!
      ¡Bañémonos en esta cristalina luz!
Su esplendor sibilino está brillando
      con esperanza y belleza esta noche.
      ¡Mira: asciende por los cielos en la noche!
¡Ah, podemos confiar sin peligro en su fulgor
      y estar seguros de que nos guiará bien;
podemos confiar sin peligro en su fulgor
      que no puede sino guiarnos bien,
      puesto que asciende al Cielo en la noche!».

---

[3] La diosa romana Diana, equivalente a la Ártemis griega, solía asociarse a la luna, al igual que otras divinidades grecorromanas como Selene, Febe, Luna, Hécate y Trivia.
[4] Es decir, la constelación de Leo.

Así calmé a Psique, tras lo cual la besé,
        intentando sacarla de su melancolía,
        venciendo sus temores y melancolía,
y llegamos al final de todo aquel paisaje,
        pero nos detuvo la puerta de un sepulcro,
        la puerta de un sepulcro con una inscripción,
y dije: «¿Qué hay escrito, dulce hermana,
        en la puerta de este sepulcro con una inscripción?».
        Y ella respondió: «¡Ulalume! ¡Ulalume!
        ¡Es la cripta de tu perdida Ulalume!».

Entonces mi corazón se puso ceniciento y sobrio,
        como las hojas que estaban secas y marchitas,
        como las hojas que estaban mustias y marchitas,
y grité: «¡Fue sin duda en octubre,
        en esta misma noche del año pasado,
        que vine... que vine hasta aquí,
        que traje una espantosa carga hasta aquí,
        en esta noche entre todas las noches del año!
        ¡Ah!, ¿qué demonio me atrajo hasta aquí?
Bien reconozco, ahora, este sombrío lago de Auber,
        esta neblinosa región central de Weir;
bien reconozco, ahora, esta húmeda marisma de Auber,
        este bosque asediado por vampiros de Weir».

Y entonces dijimos, ambos: «¡Ah!, ¿puede ser
        que los vampiros necrófagos del bosque,
        los piadosos y misericordiosos vampiros,
para detener y prohibir nuestro camino
        al secreto que yace en estos sitios,
        a aquello que yace escondido en estos sitios,
hayan sacado el espectro de un planeta
        fuera del limbo de las almas lunares,
ese pecaminoso planeta centelleante
        fuera del infierno de las almas planetarias?».

Giacomo Leopardi

A la luna

¡Oh, hermosa luna!, muy bien recuerdo
que, hace ya un año, a esta colina
lleno de angustia vine yo a contemplarte,
y tú te alzabas entonces sobre aquel bosque
tal como ahora, que todo lo iluminas,
si bien más trémulo y nebuloso, por el llanto
que humedecía mis pestañas, a mi visión
se mostraba tu rostro. ¡Qué penosa era
entonces mi vida! Y en nada ha cambiado,
¡oh, mi amada luna!, mas ahora gozo
al recordar y enumerar las horas
de mi dolor. ¡Cuán grato nos parece
en el tiempo juvenil, cuando largo es el curso
de la esperanza y breve el de la memoria,
rememorar las cosas pasadas, aunque
los afanes persistan y la tristeza nos carcoma!

El infinito

Siempre me fue cara esta solitaria cumbre,
así como este bosque, que tan gran porción
del distante horizonte a mi mirada esconde.
Aquí sentado, contemplando interminables
regiones a lo lejos, un sobrehumano
silencio, una profundísima quietud
en mi mente forjo, donde poco falta
para que el corazón se encoja aterrado.
Y escuchando al viento soplar entre el follaje,
aquel infinito silencio a su voz
yo comparo, abismándome en lo eterno,
en la muerta estación y en la presente,
tan llena de vida y de murmullos. Y así,
en esta inmensidad se anegan mis pensamientos
y dulce se me hace naufragar en estos mares.

La noche del día de fiesta

Dulce y clara es la noche, y sin viento;
y quieta sobre los tejados y los huertos
reposa la luna, revelando serena a lo lejos
la silueta de cada montaña. ¡Oh, dama mía!,
ya reina en las calles el silencio, y en escasas
ventanas refulge a esta hora el candil nocturno.
Tú duermes, pues fácil acude a ti el sueño
en tu tranquilo aposento y ninguna pena
turba tu reposo, y ni saber ni imaginar puedes
cuántas heridas has abierto en medio de mi pecho.
Tú duermes, y yo a este cielo que tan benigno
parece a la vista a saludar me asomo,
y a la antigua Naturaleza omnipotente,
que para sufrir me ha hecho. «A ti te niego
la esperanza —me dijo—, aun la esperanza,
y tus ojos nunca brillarán sino por el llanto».
Este día fue festivo, de sus diversiones
descansas; y quizás en sueños recuerdes
a cuántos gustaste y cuántos a ti te gustaron,
mas no a mí, que no espero recorrer tu mente.
Mientras tanto, me pregunto cuánta vida
me resta, caigo al suelo, grito y tiemblo.
¡Oh, días horrendos en tan juvenil edad!
¡Ay!, por la calle escucho el solitario canto
del artesano, que tarde en la noche regresa,
tras los placeres, a su pobre albergue,
y muy terriblemente se me oprime el corazón
al pensar en cómo todo en este mundo pasa
sin casi dejar huella. Así ha huido este día
de fiesta; y la festiva jornada por la vulgar
es sucedida, y pronto el tiempo se lleva
todos los humanos sucesos. ¿Dónde están
ahora los sueños de los pueblos antiguos?,
¿dónde la voz de nuestros antepasados,
y aquel gran imperio de Roma, y las armas,
y el fragor que cruzó tierra y océano?
Todo es paz y silencio, el mundo descansa
y reposa, y ya nadie se acuerda de ellos.
En mi temprana edad, cuando aún esperaba
con ansias el día de fiesta, una vez que este
había terminado, en vela, me abrazaba triste
al almohadón de plumas, y, tarde en la noche,
un canto que oía alejarse por los caminos
muriendo poco a poco en la distancia
me estrujaba el corazón igual que ahora.

A sí mismo

Ahora al fin descansarás para siempre,
mi fatigado corazón. Ha muerto la última ilusión
que yo eterna creía... ha muerto. Claramente,
siento que en nosotros el caro engaño,
la esperanza y el deseo se han apagado.
Descansa para siempre: demasiado has ya
palpitado. No queda cosa alguna que merezca
tus latidos, ni de suspiro alguno es digna
la tierra. Amargura y tedio es la vida,
no más que eso, y fango es el mundo.
Aquiétate ya; desespera por última vez.
A nuestra especie no le ha dado el destino
otra cosa más que la muerte. Despréciate
a ti mismo, desprecia la naturaleza, desprecia
el horrible poder oculto que gobierna dañoso
y desprecia la infinita vanidad de todo.

François-René de Chateaubriand

El bosque

¡Bosques silenciosos, hermosas soledades,
cómo amo recorrer vuestras umbrías ignoradas!
En vuestros oscuros parajes, soñando extraviado,
experimento una sensación libre de inquietudes.
¡Ilusiones de mi corazón!, creo ver surgir,
de los árboles y de la hierba, una dulce tristeza;
y la brisa que escucho, y que murmura suavemente
desde los confines del bosque, parece susurrar mi nombre.
¡Oh!, ¿por qué no puedo, feliz, pasar mi vida entera
aquí, lejos de los humanos? Al rumor de los arroyos,
sobre una alfombra de flores, sobre la hierba primaveral,
¡qué ignorado descanso bajo la sombra de los olmos!
Todo habla, todo me place bajo estas tranquilas bóvedas:
aquellas retamas, ornamentos de un reducto silvestre,
o esa madreselva que, alcanzada por un viento fugitivo,
de un lado a otro sus inestables guirnaldas balancea.
¡Bosques, en vuestros refugios mis deseos se complacen!
¿A qué amante alguna vez le seríais tan queridos?
Otros os hablarán sin cesar de amores ajenos;
yo por vuestros encantos solos las desolaciones prefiero.

La primavera, el verano y el invierno

Valles del norte, onduladas praderas,
encantadoras desolaciones: mi corazón,
hecho para vosotros, siempre os busca
en su melancolía. A vuestra sola vista,
amada soledad, no sé qué cosa dulce y profunda
viene a apoderarse de mi alma conmovida.
Si fuese conocida la calma que un arroyo
a todos mis sentidos transmite con su murmullo,
esa tranquila alegría que, en soledad sobre el verde,
tantas veces he disfrutado al pie de una colina,
los amantes del frío ambiente de las ciudades
en busca de estos sencillos placeres vendrían.

Si la primavera esmalta los campos,
en un fresco rincón de este apacible valle
leo sentado bajo las ramas de los nogales,
de tronco rugoso y follaje flexible.
El dulce suspiro del ruiseñor
conquista entonces mis cautivos oídos
y, en un ensueño por encima de todo placer,
le permite flotar a mi alma fugitiva.
¿Y no surge durante el verano, en los confines
del bosque, una brisa amable y sinuosa
que, con un curso lento y voluptuoso,
sobre cada flor se detiene suspirando?
    Cien veces a bordo de esa onda caprichosa
    iré a dormir bajo el fragante avellano
    y a con ella en pereza competir.

Bajo el sauce nutrido por tu frescura amiga,
    oh, río testigo de mis suspiros,
tu paso por estos prados esmaltados ofrece,
al dulce rumor de los céfiros[1], la imagen de la vida.
Por valles desolados, tras atravesar estas flores,
    conduces tú tus olas errantes:
    así de los placeres a los dolores
    pasan nuestras horas inconstantes.

---

[1] Los principales dioses griegos de los vientos eran Céfiro, el primaveral viento del oeste; Noto, el tormentoso viento del sur; Euro, el lluvioso viento del este; y Bóreas (o Aquilón entre los romanos), el frío viento del norte. Era muy común en la poesía francesa el uso de *céfiro* para referirse a las brisas apacibles y el de *aquilón* para aludir al norte y a los vientos invernales.

Pero si con placer, al menos, de las primaveras
        en nuestro curso podemos gozar,
nuestros días se alejan más dulcemente de su fuente,
llevando consigo un tierno recuerdo,
tal como tú te diriges al peñón solitario,
        por estos bosques que siempre recorres,
        menos triste si de estos prados tu feliz curso
        logra arrebatar alguna ligera flor.

    Y también el encantamiento de mi espíritu
    nace y crece durante la caída de las hojas.
    El aquilón llega, y uno puede ver con tristeza
    al árbol solitario sobre la agreste ladera
    sacudirse en medio de la tempestad.
    Blancas aves, divididas en bandadas,
    abandonan las costas del antiguo océano:
    todas en silencio, ordenadas en hileras,
    hienden el azul de un cielo melancólico.
    Yo vago por los bosques escarchados
    y, sólo interrumpido por el rumor de las hojas
    que lentamente arrastro con mis pasos,
    mi espíritu se recoge en sus pensamientos.

    ¿Quién podría creerlo? ¡Placeres solitarios,
    yo os reencuentro en el gran luto de los cielos!:
    el hábito de viuda embellece a la naturaleza.
    Es un encanto en estos bosques sin adorno,
en estos amplios prados rodeados de verdes alisos,
donde las suaves brisas abaten la mente,
donde sobre las flores el alma sueña arrullada
por los dulces acordes del viento y el follaje;
en estos amplios prados que el aquilón siega,
lo cual place al corazón. Inclinados sobre la tierra
imitamos nosotros, ya marchitos o caídos,
a la hierba en invierno y a la hoja en otoño.

Alphonse de Lamartine

El aislamiento

Con frecuencia en la montaña, bajo un viejo roble,
me siento a ver tristemente la puesta del sol;
paseo entonces mis ojos al azar sobre la llanura,
cuyo cambiante espectáculo se despliega ante mí.

Aquí murmura el río de espumosas olas
y, serpenteando, se pierde en las oscuras lejanías;
allí el lago inmóvil extiende sus aguas dormidas,
en las que la estrella del ocaso se mueve por el azul.

Sobre las cimas coronadas por bosques sombríos
el crepúsculo arroja aún un último resplandor,
y el carro vaporoso de la reina de las sombras
asciende y tiñe ya de blanco los bordes del horizonte.

Mientras tanto, elevándose de la aguja gótica,
un sonido religioso se derrama por los aires;
el viajero se detiene y escucha la rústica campana
que con los últimos ruidos del día mezcla sus clamores.

Pero ante estos dulces cuadros mi alma indiferente
no experimenta ni encanto ni transporte;
yo contemplo la tierra como una sombra errante:
el sol de los vivos no ilumina a los muertos.

Llevando en vano mi vista de colina en colina,
de la aurora al poniente, del sur al aquilón,
recorro todos los puntos de la inmensa extensión
y me digo: «En ningún lugar me espera la dicha».

¿Qué me importan esos valles, palacios y cabañas,
inútiles objetos cuyo encanto se ha perdido para mí?
¡Oh, ríos, rocas, bosques, soledades tan queridas:
un solo ser os falta, y todo está desierto a mi alrededor!

Ya la vuelta del sol comience o termine,
con ojos indiferentes lo sigo yo en su curso;
ya en un cielo límpido o sombrío se ponga o salga,
¿qué me importa el sol? No me interesa nada del día.

Si pudiese yo seguirlo en su vasta carrera,
mis ojos verían en todos lados lo vacío y lo desolado;
no deseo nada de todo lo que él ilumina:
no pido absolutamente nada al inmenso universo.

Pero tal vez más allá de los límites de su esfera,
en lugares donde el verdadero sol ilumina otros cielos,
si pudiera yo dejar mis restos mortuorios a la tierra,
eso con lo que sueño podría aparecer ante mis ojos.

Allí me embriagaría en la fuente a la que aspiro;
allí recobraría la esperanza, el amor
y ese bien ideal al que toda alma aspira
y que no tiene nombre en la morada terrena.

¿Por qué no puedo, llevado sobre el carro de la Aurora,
vago objeto de mis deseos, lanzarme hacia ti?
¿Por qué permanezco aún en la tierra del exilio?
No hay nada en común entre este mundo y yo.

Cuando la hoja del bosque cae en la hierba,
el viento de la noche la levanta y la lleva a los valles;
dado que tanto me parezco yo a la hoja marchita,
¡portadme como a ella, tempestuosos aquilones!

El anochecer

El anochecer trae consigo el silencio.
Sentado en estas rocas solitarias,
observo, en la corriente de los aires,
el lento avance del carro de la noche.

Venus aparece en el horizonte;
a mis pies, la amorosa estrella
con su brillo misterioso tiñe
de blanco las alfombras de hierba.

Escucho estremecerse a las ramas
de esta haya de sombrío follaje,
tal como, entre los sepulcros,
sonaría el merodear de un fantasma.

De pronto, desprendiéndose del cielo,
un rayo de esa estrella nocturna
se desliza por mi frente taciturna
y acaricia mis ojos con suavidad.

¡Oh, dulce reflejo de un globo de llamas,
rayo encantador!, ¿qué deseas de mí?
¿Vienes acaso a mi pecho abatido
para traer algo de luz a mi espíritu?

¿Desciendes acaso para revelarme
el misterio divino de los mundos
y los arcanos ocultos de esa esfera
a la que te retiras durante el tiempo diurno?

¿Acaso una secreta inteligencia
hacia los desdichados te dirige?
¿Vienes acaso a brillar en la noche
sobre ellos como un rayo de esperanza?

¿Vienes acaso a develar el futuro
al corazón fatigado que lo implora?
¿Eres tú acaso, rayo divino, la aurora
del día que ya nunca habrá de terminar?

Mi corazón se enciende bajo tu claridad;
experimento transportes desconocidos
y pienso en aquellos que ya no están:
dulce luz, ¿eres tú acaso sus espíritus?

Quizás esas almas bienaventuradas
también por el bosque se deslicen.
Envuelto por sus imágenes, más cerca
de ellas creo ahora yo encontrarme.

¡Ah, si sois vosotras, sombras amadas,
volved aquí todas las noches futuras,
lejos de la multitud y del ruido humano,
a con mis dulces ensueños mezclaros!

¡Traed de vuelta el amor y la paz
al seno de mi alma fatigada,
como el fresco rocío nocturno
que cae tras una ardiente jornada!

¡Venid!... Pero fúnebres vapores
por el lejano horizonte ahora ascienden;
pronto esas nubes ocultan al dulce rayo
y todo en tinieblas se sumerge.

El lago

Así, siempre empujados hacia nuevas riberas,
arrastrados sin retorno a través de la noche eterna,
¿no podremos jamás en el océano del tiempo
     echar ancla alguna vez?

¡Oh, lago!, el año ya casi termina su carrera
y, a las amadas aguas que ella deseaba visitar de vuelta,
¡ved!, solitario vengo yo a sentarme sobre la piedra
     en la que antaño se sentara ella.

Así bramabas entonces bajo estas profundas rocas,
así rompías contra estos desgarrados acantilados,
y así el viento arrojaba la espuma de tus olas
     sobre sus pies adorados.

Una noche, ¿lo recuerdas?, bogábamos en silencio;
no se escuchaba a lo lejos, entre las aguas y el cielo,
otro sonido que los rítmicos remos golpeando
     tus oleajes armoniosos.

De pronto, unos acentos en la tierra desconocidos
despertaron los ecos de esta costa encantada;
prestó oídos el agua, y la voz de mi amada
     dejó deslizar estas palabras:

«¡Oh, tiempo, detén tu vuelo! ¡Y vosotras,
horas propicias, suspended vuestro curso!
¡Dejadnos saborear las fugaces delicias
     de estos bellos días!

»Muchos desdichados aquí abajo os imploran:
pasad, pasad para ellos, llevaos con las horas
las preocupaciones que los devoran,
     y olvidad entre tanto a los dichosos.

»Mas en vano unos momentos más os suplico:
el tiempo huye y de las manos se me escapa.
Le digo a esta noche: "Id más lento", y la aurora
     pronto comienza a disiparla.

»¡Amémonos, amémonos, pues! ¡De la fugaz hora
gocemos de prisa, disfrutando! El hombre
no tiene puerto y el tiempo no tiene costas:
     él pasa, y también pasamos nosotros».

Tiempo celoso, ¿es posible que esos momentos
de embriaguez en los que el amor nos hace felices
escapen de nosotros con la misma presteza
    con la que los días de dolor se alejan?

¿Es que no podremos ni siquiera conservar su huella?
¿Es que pasan para siempre y se pierden del todo?
¿Es que el mismo tiempo que los trae y que los borra
    nunca más los devolverá a nosotros?

¡Eternidad, Nada, Pasado, sombríos abismos!:
¿qué hacéis de los días que os engullís?
Contestad: ¿no nos devolveréis esos éxtasis sublimes
    que nos habéis arrebatado?

¡Oh, lago, mudas rocas, grutas, lóbregos bosques,
vosotros a quienes el tiempo perdona o rejuvenece:
guardad de esa noche, guardad, bella naturaleza,
    al menos el recuerdo!

¡Que permanezca en tu reposo y en tus tempestades,
hermoso lago, y en el aspecto de tus sonrientes laderas,
y en esos negros abetos, y en esas rocas escarpadas
    que se inclinan sobre tus aguas!

¡Que permanezca en el céfiro que temblando pasa,
y en los sonidos que en tus costas encuentran eco,
y en el astro de plateado rostro que blanquea tu superficie
    con su apacible claridad!

¡Que el viento que gime, que el junco que suspira,
que las ligeras fragancias de tu aire perfumado,
y que todo lo que se ve, se escucha y se respira,
    todo diga: «Ellos se han amado»!

El otoño

¡Adiós, bosques coronados por un resto de verde,
amarillentas hojas esparcidas sobre la tierra!
¡Adiós, últimos días bellos! El luto de la naturaleza
se adapta mejor al dolor y es grato a mis miradas.

Sigo con paso soñador el sendero solitario,
y adoro volver a ver, por una última vez,
al sol que palidece y cuya débil luz apenas atraviesa,
ante mí, la cerrada oscuridad de los bosques.

Sí: en estos días de otoño en que la naturaleza expira,
en sus vistas veladas encuentro mayores atractivos;
¡es el adiós de un amigo, la última sonrisa de labios
que la muerte pronto va a cerrar para siempre!

Así, listo para abandonar el horizonte de la vida,
llorando la desvanecida esperanza de mis largos días,
me vuelvo una vez más y, con una mirada de envidia,
contemplo los bienes de los que no he podido gozar.

¡Tierra, sol, valles, hermosa y dulce naturaleza:
os debo una lágrima al borde de mi tumba!
¡El aire está tan perfumado!, ¡la luz es tan pura!,
¡a los ojos de un moribundo el sol es tan bello!

Querría yo apurar ahora mismo hasta las heces
ese cáliz en el que se mezclan el néctar y la hiel;
¿puede ser que quedara aún, en el fondo de esa copa
de la que he bebido la vida, una gota de miel?

¿Puede ser que el futuro aún me reservara
algo de alegría, cuya esperanza he perdido?
¿Puede ser que, en la multitud, un alma que ignoro
hubiera comprendido a mi alma y me hubiera respondido?

La flor cae librando sus perfumes al céfiro:
a la vida y al sol esos son sus adioses;
y yo, yo muero... y mi alma, al momento de expirar,
se exhala como un son triste y melodioso.

Alfred de Vigny

La Desdicha

Seguida por el impío Suicidio
a través de las pálidas ciudades,
la Desdicha, acechándonos, merodea
por nuestros aterrados umbrales.
Entonces reclama a su presa:
la juventud, en el seno del gozo,
la escucha, suspira y se marchita;
y, como en la época en que las hojas caen,
la vejez se precipita a la tumba,
privada del fuego que la nutría.

¿A dónde huir? En el umbral de mi puerta
la Desdicha cierta vez tomó asiento,
y, desde ese día, nunca dejó de seguirme
a través de todos mis oscurecidos días.
Bajo el sol, en las profundas tinieblas
y en cualquier sitio sus fúnebres alas
me cubren como una negra capa;
en mis dolores, sus ávidos brazos
me rodean y sus lívidas manos
sobre mi corazón un firme puñal sujetan.

Dedico mi vida a los placeres,
le sonrío a la voluptuosidad,
y los insensatos, mis cómplices,
admiran mi felicidad.
Yo mismo, crédulo de mi alegría,
embriago mi corazón y me entrego
a los torrentes de un orgullo risueño;
pero la Desdicha ante mis ojos
entonces pasa: la sonrisa desaparece
y mi frente reasume su duelo.

En vano pido otra vez a las fiestas
sus viejos deslumbramientos,
las suaves derrotas de mi corazón
y los vagos encantamientos:
el Espectro se une a la danza;
moviéndose con las cadencias,
mancha el suelo con sus lágrimas
y, burlando la atención de mis ojos,

pasea su repulsiva calavera
entre las frentes tocadas con guirnaldas.

Me habla en el silencio
y mis noches escuchan su voz;
en los árboles se balancea
cuando busco la paz de los bosques;
junto a mi oído a menudo suspira:
siento entonces que un mortal expira
y mi corazón se encoge horrorizado.
Hacia las estrellas levanto la vista,
pero en ellas veo pender la espada
de la antigua fatalidad.

Apoyada sobre mis manos, mi cabeza
cree poder encontrar el inocente sueño,
pero, ¡ay!, de mí ha sido escondida
su flor de cáliz bermejo.
Pues siempre me es arrebatada
la dulce ausencia de la vida,
ese baño que refresca los días,
esa muerte del alma afligida
que cada noche a todos acude...
¡el sueño me ha dejado para siempre!

«¡Ay!, ya que el insomnio eterno
quema mis ojos siempre abiertos,
¡ven, oh, Gloria —dije—, despierta
mi oscura vida al rumor de los versos!
¡Haz al menos que mi pie mortal
deje una huella en la arena!».
Mas la Gloria respondió: «Hijo del dolor,
¿a dónde pretendes llegar?
Tiembla: si yo te inmortalizo,
inmortalizo a la Desdicha contigo».

¡Desdicha!, ¡oh!, ¿qué favorable día
será de tu rabia el vencedor?
¿Qué mano poderosa y caritativa
podrá algún día arrancarte de mi corazón
y luego, con noble audacia,
no vacilando en hundirse
en esa ardiente hoguera,
osará buscar entre las llamas
para con fuerza de ellas sacar mi alma
y lejos de todo peligro así llevarla?

Pétrus Borel

Aislamiento

Bajo el sol abrasador de la hermosa tierra criolla,
donde el africano se inclina al bambú del inglés,
la marchita palmera, en medio del huracán,
con los brazos de una liana se une a la espesa selva.

En nuestros antiguos bosques, el muérdago, santo parásito,
sobre el regazo de la encina se recuesta y adormece,
entremezclando su frágil hierba y compartiendo la suerte
del tronco religioso que de los elementos lo protege.

¡Muérdago, liana, palmera: mi alma os envidia!
Mi corazón querría estar enlazado a una hiedra también:
para atravesar suavemente el vado de esta vida
necesito yo una mujer, una amiga, un sostén.

«¿Un ángel de aquí abajo, una muchacha, una flor?
Ven, bardo, y elige alguna de este enjambre retozón
que da vueltas con el rondó[1] del ágil clavecín». No:
un corazón que me comprenda es lo que busca mi corazón.

No es ni en el teatro ni en las fiestas donde se hallará
la muchacha que podría traer a mi vida dicha y amor:
es en los campos, al atardecer, recogida en su mantilla
con un *Werther*[2] en la mano bajo el sauce llorón.

No es una morocha de negras pestañas y aire morisco;
es un cisne indolente, una ondina[3] de azules ojos
grandes como almendras, lánguidos, ansiosos,
capaces de reflejar en ellos los tudescos arroyos.

---

[1] Danza medieval francesa de ritmo fluido que se caracteriza por la repetición episódica de un estribillo que se alterna con temas intermedios contrastantes. Tuvo gran importancia en las *suites* de los grandes clavecinistas barrocos franceses, y durante el período clásico se integró a las sonatas como movimiento final.

[2] *Las penas del joven Werther*, novela epistolar escrita en 1774, fue, por su tono desesperado y su tratamiento del suicidio, una de las obras de Goethe que más influencia ejercieron sobre los autores del Romanticismo.

[3] Las ondinas eran ninfas elementales del agua, ligeramente emparentadas con nereidas, náyades, sirenas, rusalkas, nixies, selkies, etc., pero más propias de las leyendas galas y germánicas. Ver *El pescador* de Goethe (p. 34), cuya «mujer» ha sido a menudo asociada con una.

¿Cuándo vendrá a mí esta hada? ¡En vano mi voz la llama!
¿Cuándo traerá su primavera a mi corazón desolado?
Sin embargo, le seré fiel hasta descansar bajo el ciprés:
por siempre permaneceré en estas costas así solitario.

Sobre mi tejado, el gorrión duerme con su compañera;
mi yegua al corcel sus amores ha concedido;
mas yo, solo en esta barca que nadie acompaña,
sobre el torrente fogoso veo pasar mis días vacíos.

Alfred de Musset

La noche de mayo

La Musa

Poeta, toma tu laúd y ven a besarme:
la flor de la eglantina siente que sus pétalos se abren.
La primavera nace esta noche; los vientos se encienden;
y el aguzanieves, aguardando la aurora,
en los primeros arbustos verdes comienza a posarse.
Poeta, toma tu laúd y ven a besarme.

El Poeta

¡Qué oscuro está el valle!
Me pareció ver una forma velada
flotando allá lejos en el bosque;
creí verla deslizarse por el prado,
apenas rozando con sus pies la hierba.
Fue una extraña ensoñación,
pero ya se disipó y desapareció.

La Musa

Poeta, toma tu laúd; la noche, sobre el césped,
mece a los céfiros en su velo fragante.
La rosa, virgen aún, se cierra celosamente
sobre el nacarado abejorro al que, muriendo, embriaga.
¡Escucha! Todo calla, todo piensa en su bienamada.
Esta noche, bajo los tilos, en la sombría enramada,
el último rayo del ocaso un más dulce adiós ha dejado.
Esta noche todo va a florecer: la inmortal naturaleza
se llena de perfumes, de murmullos y de amor,
como el feliz lecho de dos jóvenes esposos.

El Poeta

¿Por qué mi corazón late tan rápido?
¿Qué hay en mí que se agita
y que me hace sentir aterrado?
¿No han golpeado a mi puerta?
¿Por qué mi vela casi extinguida
me enceguece con su claridad?
¡Oh, Dios!, todo mi cuerpo tiembla.
¿Quién se acerca? ¿Quién me llama?
Nadie. Estoy solo; es la hora, que suena.
¡Oh, soledad!, ¡oh, pobreza!

La Musa

Poeta, toma tu laúd; el vino de la juventud
fermenta esta noche en las venas de Dios.
Mi pecho está inquieto, la voluptuosidad lo oprime,
y los vientos alterados llenan de fuego mis labios.
¡Oh, perezoso niño!, mírame, soy bella.
¿No recuerdas acaso nuestro primer beso,
cuando estabas tan pálido al contacto de mis alas
y, con ojos llenos de lágrimas, te arrojaste a mis brazos?
¡Ah!, yo te consolé entonces de un amargo sufrimiento.
¡Ay!, demasiado joven aún, tú te morías de amor.
Consuélame tú a mí esta noche: yo me muero de esperanza,
tengo que rezar para vivir hasta mañana.

El Poeta

¿Es, pues, tu voz la que me implora,
oh, mi pobre musa? ¿Eres tú?
¡Oh, mi flor! ¡Oh, mi siempreviva!
¡La única alma púdica y fiel
en la que aún queda amor por mí!
¡Sí, eres tú, mi blonda amada,
eres tú, mi señora y hermana!
Ya siento, en la noche profunda,
a mi pecho atravesado por los destellos
de tu dorada túnica, que me inunda.

La Musa

Poeta, toma tu laúd; soy yo, tu siempreviva,
que esta noche te he visto triste y silencioso,
y que, como un ave al ser llamada por sus crías,
a llorar contigo desde lo alto de los cielos he descendido.
Vamos, tú sufres, amigo. Alguna aflicción solitaria
te consume; algún dolor gime en tu corazón;
algún amor te ha nacido, tal como se lo ve en la tierra:
una sombra de placer, un espejismo de felicidad.
Vamos, cantemos ante Dios de tus pensamientos,
de tus penas pasadas, de tus placeres perdidos;
partamos, con un beso, hacia un mundo desconocido;
despertemos al azar los ecos de tu vida;
hablémonos de alegría, de gloria y de locura,
y que todo sea un sueño, el primero que nos acuda;
inventemos alguno de esos lugares donde uno olvida;
partamos, estamos solos: el universo es nuestro.
He aquí la verde Escocia y la morena Italia,
y Grecia, mi madre, donde la miel es tan dulce;
también Argos, y Pteleón, aldea de las hecatombes,
y Mesa la divina, agradable a las palomas,

y el frondoso ceño del cambiante Pelión,
y el azul Titareso, y el golfo de plata que muestra
en sus límpidas aguas, en las que el cisne contempla
su reflejo, la blanca Oloosón a la blanca Cámiros.[1]
Dime, ¿a qué sueño de oro nos arrullarán nuestros cantos?
¿De dónde vendrán las lágrimas que vamos a derramar?
Esta mañana, cuando el día había herido tus párpados,
¿qué serafín pensativo, inclinado sobre tu cabecera,
agitaba lilas en sus ligeras vestimentas
y te hablaba en voz baja de amorosos ensueños?
¿Cantaremos la esperanza, la alegría o la tristeza?[2]
¿Empaparemos de sangre a los batallones de acero?
¿Suspenderemos al amante de una cuerda de seda?
¿Arrojaremos la espuma del corcel a los vientos?
¿Diremos qué mano, en las innumerables lámparas
de la mansión celeste, enciende noche y día
el santo aceite del amor eterno y de la vida?
¿Gritaremos a Tarquinio: «¡Es hora, he aquí la sombra!»?[3]
¿Descenderemos a buscar la perla al fondo de los mares?
¿Conduciremos a la cabra hacia los amargos ébanos?
¿Mostraremos el cielo a la Melancolía?
¿Seguiremos al cazador por los montes escarpados
mientras la corza lo observa, llora y suplica?
Sólo los brezos la oyen; sus cervatos son recién nacidos;
él se inclina, la degüella y la arroja a la encarna,
exprimiendo sobre los perros su corazón aún vivo.
¿Pintaremos a una doncella de encendidas mejillas
que, llegando a misa mientras un paje la sigue,
con una mirada distraída, al lado de su madre,
sobre sus labios entreabiertos su plegaria olvida
pues temblando escucha, en el eco de las columnas,
el resonar de las espuelas de un audaz caballero?
¿Pediremos a los antiguos héroes de Francia
que suban armados a las almenas de sus torres
y que resuciten el siempre ingenuo romance
que su olvidada gloria enseñó a los trovadores?
¿Vestiremos de blanco una suave elegía?

---

[1] La mayoría de los lugares de Grecia aquí nombrados son mencionados por Homero en el segundo canto de la *Ilíada*, durante el catálogo de naves. Si bien Cámiros, situada en la isla de Rodas, lindaba con el mar Egeo, la ciudad de Oloosón en realidad se hallaba bastante lejos de la costa, en la región de Tesalia.

[2] En este y los siguientes versos, Musset hace alusión a distintos tipos de poesía: heroica, amorosa, dramática, religiosa, medievalista, elegíaca, histórica, bucólica, satírica, etc.

[3] Lucio Tarquinio el Soberbio fue el último rey de Roma antes de la instauración de la República. Su derrocamiento se produjo cuando su hijo, Sexto Tarquinio, violó a Lucrecia, la cual se suicidó tras poner a su familia al tanto del ultraje.

¿Nos narrará el hombre de Waterloo su vida
y el modo en que abatió a multitudes de humanos
hasta que el negro enviado de la noche eterna vino
a derribarlo con un golpe de ala sobre una verde colina
y a sobre su corazón de hierro hacerle cruzar las manos?[4]
¿Clavaremos al paredón de una sátira altiva
el nombre siete veces vendido de un pálido panfletista
que, empujado por el hambre, del fondo de su olvido
se levanta, tiritando de impotencia y de envidia,
para sobre la frente del genio insultar la esperanza
y morder el laurel que con su aliento mancha?
¡Toma tu laúd, toma tu laúd, ya no puedo callarme!
¡Mis alas me elevan al soplo de la primavera!,
¡el viento me va a llevar!, ¡voy a dejar la tierra!
¡Oh, una lágrima tuya! Dios me escucha; ya es tiempo.

EL POETA

Si no necesitas más, querida hermana,
que un beso de labios amigos
y una lágrima de mis pestañas,
te los daré a ambos sin dificultad;
que te recuerden nuestro amor
cuando regreses a los cielos.
Mas yo no cantaré ni la esperanza,
ni la gloria, ni la alegría,
¡ay!, ni aun el sufrimiento.
Mi boca guarda silencio
para escuchar hablar al corazón.

LA MUSA

¿Crees, pues, que soy como el viento de otoño,
que se nutre de lágrimas sobre los sepulcros
y para quien el dolor no es sino una gota de agua?
¡Oh, poeta!, toma un beso: soy yo quien te lo da.
La hierba que yo quiero arrancar de este lugar
es la de tu lánguido ocio: tu dolor pertenece a Dios.
Cualquiera sea el mal que tu juventud soporta,
deja crecer esa sagrada herida que los ángeles
de las tinieblas te han abierto en el corazón:
nada nos engrandece tanto como un enorme dolor.
Mas no creas que por estar así herido, oh, poeta,
tu voz deba permanecer acá abajo en silencio:
los cantos desesperados son los cantos más bellos,
y yo conozco algunos inmortales que puros lamentos son.

---

[4] Obvia referencia a Napoleón Bonaparte (1769-1821), quien fue derrotado en la célebre batalla de Waterloo en 1815 y murió desterrado en la isla de Santa Elena.

   POESÍA OSCURA ROMÁNTICA

Cuando el pelícano, fatigado por un largo viaje,
en las brumas de la noche retorna a su cañaveral,
sus crías hambrientas se dirigen a la costa
al verlo, desde lejos, abatirse sobre las aguas.
Así, ansiosos por recibir y compartir la presa,
corren en pos de su padre con gritos de alegría,
sacudiendo sus picos sobre sus enormes bocios.
Él, ganando a lentos pasos una roca elevada,
resguarda a sus crías con una de sus alas
y, melancólico pescador, echa una mirada a los cielos.
La sangre mana abundantemente de su pecho abierto;
en vano ha registrado las profundidades del mar:
el océano estaba vacío; y la playa, desierta;
de modo que por todo alimento les ofrece su corazón.
Sombrío y silencioso, tendido sobre la piedra,
dividiendo entre sus hijos sus vísceras paternas,
en su amor sublime arrulla su dolor
y, mientras observa a su pecho sangrar,
en ese festín de muerte vacila y se desploma,
ebrio de voluptuosidad, ternura y horror.
Pero a veces, en medio del divino sacrificio,
cansado de agonizar en un tan largo suplicio,
siente que sus hijos lo dejarán con vida;
entonces se yergue, abre sus alas a los vientos,
hiere entre gritos salvajes su débil corazón
y lanza, en medio de la noche, un tan fúnebre adiós
que las aves del mar abandonan la costa
y el viajero rezagado en la playa, sintiendo
pasar la Muerte, encomienda su alma a Dios.
Poeta, así es como hacen los grandes de la pluma:
ellos entretienen a quienes viven un tiempo,
mas los banquetes humanos que sirven en sus festines
casi siempre a los de los pelícanos recuerdan:
cuando hablan de esperanzas frustradas,
de tristeza, de olvido, de desdicha y de amor,
no se trata de un concierto para ensanchar el corazón;
sus declamaciones como las espadas son:
trazan en el aire un círculo deslumbrante,
pero siempre puede verse allí pender una gota de sangre.

El Poeta

¡Oh, musa, espectro insaciable,
no me lo sigas pidiendo más!
Nadie escribe palabras en la arena
a la hora en que pasa el aquilón.
Hubo tiempos en los que mi juventud
estuvo siempre sobre mis labios

presta a como un ave cantar;
mas he sufrido un duro martirio
y lo menos que de él puedo decir
es que, si intentara cantarlo con mi lira,
como a una frágil caña la quebraría.

La noche de diciembre

El Poeta
En los tiempos en que era yo un escolar,
permanecía una noche en vela
en la solitaria sala de mi casa.
A mi mesa vino a sentarse
un pobre niño vestido de negro
que se me parecía como un hermano.

Su semblante era triste y bello;
a la luz del candelabro,
mi libro abierto se acercó a leer.
Inclinó su frente sobre mi mano
y, pensativo, con una dulce sonrisa,
se quedó allí hasta el amanecer.

Cuando estaba por cumplir quince años,
caminaba un día por el bosque,
entre brezales, con lentos pasos.
Al pie de un árbol vino a sentarse
un joven vestido de negro
que se me parecía como un hermano.

Le pregunté por mi camino;
sostenía él un laúd en una mano
y en la otra un ramo de eglantinas.
Dirigiome un saludo amistoso
y, volviéndose un poco,
me señaló una lejana colina.

A la edad en la que uno cree en el amor,
hallábame un día solo en mi cámara
llorando mi primer desengaño.
Al lado del fuego vino a sentarse
un extraño vestido de negro
que se me parecía como un hermano.

Veíase triste e inquieto;
en una mano sostenía una espada
y con la otra señalaba a los cielos.
Por mi dolor parecía sufrir,
pero sólo lanzó un leve suspiro
y se desvaneció como un sueño.

A la edad en la que uno es libertino,
para beber un brindis en un festín
un día elevé mi vaso.
Frente a mí vino a sentarse
un invitado vestido de negro
que se me parecía como un hermano.

Debajo de su capa se agitaban
andrajos de una púrpura hecha jirones;
coronaba su cabeza un mirto estéril.
Su delgado brazo buscó el mío,
y mi vaso, al chocar con el suyo,
se rompió en mi mano débil.

Un año después, en medio de la noche,
junto al lecho en el que mi padre
acababa de morir me hallaba arrodillado.
Junto a la cabecera vino a sentarse
un huérfano vestido de negro
que se me parecía como un hermano.

Sus ojos estaban llenos de lágrimas;
como los ángeles del dolor,
llevaba puesta una corona de espinas;
su laúd yacía en el suelo,
su púrpura era del color de la sangre,
y una espada contra su pecho sostenía.

Muy bien recuerdo yo que siempre
he reconocido a ese extraño
en todos los instantes de mi vida.
Es una visión muy singular,
y, sin embargo, ángel o demonio,
he visto por doquier a esa sombra amiga.

Cuando más tarde, cansado de sufrir,
para renacer o para al fin morir
quise exiliarme de Francia;
cuando, impaciente por marcharme,
quise partir para buscar
los vestigios de una esperanza;

en Pisa, al pie de los Apeninos;
en Colonia, frente al Rin;
en Niza, en las cuestas de los valles;
en Florencia, en el fondo de los palacios;
en Brig, en los viejos chalets;
en el desolado seno de los Alpes;

en Génova, bajo los limoneros;
en Vevey, bajo los verdes manzanos;
en El Havre, ante el Atlántico;
en Venecia, en el inmenso Lido,
allí donde, sobre la hierba de una tumba,
encuentra su muerte el pálido Adriático;

por donde quiera que, bajo los vastos cielos,
haya cansado yo mi corazón y mis ojos
mientras sangraba por una herida eterna;
por donde quiera que el rengo Tedio,
acarreando mi fatiga detrás de sí,
me haya arrastrado entre sus rejas;

por donde quiera que, alterado sin cesar
por la sed de un mundo desconocido,
haya yo seguido la sombra de mis fantasías;
por donde quiera que, sin haber vivido,
haya vuelto a ver aquello que mil veces vi,
el rostro humano y sus viles mentiras;

por donde quiera que, en los caminos,
haya yo apoyado mi frente en mis manos
y como una débil mujer sollozado;
por donde quiera que, como un cordero
que deja a los zarzales su lana, haya sentido
que mi espíritu se veía despojado;

por donde quiera que haya querido dormir,
por donde quiera que haya querido morir,
por donde quiera que haya pisado,
en mi camino ha venido a sentarse
un desdichado vestido de negro
que se me parecía como un hermano.

¿Quién eres, tú que durante toda mi vida
     siempre has aparecido en mi camino?
No puedo creer, al ver tu melancolía,
     que eres mi malvado destino.
Tu dulce sonrisa encierra una gran paciencia;
     tus lágrimas, una gran piedad.
Al verte, no puedo sino amar a la Providencia;
tu dolor mismo es hermano de mi sufrimiento:
     recuerda mucho a la amistad.

¿Quién eres? No eres mi ángel guardián,
     pues jamás me vienes a advertir.
Tú observas mis males (¡es algo tan extraño!)
     y sólo me contemplas sufrir.
Por veinte años has compartido mi camino
     y aún no sé cómo llamarte.
¿Quién eres, si es Dios quien te envía?
Tú me sonríes sin compartir mi alegría,
     tú me lloras sin jamás consolarme.

Incluso esta misma noche te he visto aparecer.
     Era una muy triste velada;
las alas del viento golpeaban mi ventana,
     y yo estaba solo, inclinado sobre mi cama.
Contemplaba un lugar amado en ella,
     tibio aún por un beso ardiente,
y pensaba en cómo la mujer olvida
sintiendo que de mí lentamente
     era arrancado otro jirón de mi vida.

Estaba juntando algunas cartas de la víspera,
     algunos cabellos, algunos vestigios de amor,
y todo ese pasado me gritaba
     sus eternos juramentos de un solo día.
Contemplaba esas sagradas reliquias
     que hacían a mis manos temblar,
esas lágrimas devoradas por el corazón
que los ojos que las han derramado
     mañana ya no las reconocerán.

Mientras envolvía en un trozo de paño buriel
    esas ruinas de días más felices,
me decía que, lo que en este mundo dura,
    mucho más que un mechón de cabellos no es.
Como quien se sumerge en un mar profundo,
    así entre tanto olvido yo me perdía.
Por todos lados hacía girar la sonda,
y lloraba solo, lejos de los ojos del mundo,
    por mi desdichado amor ya sin vida.

Iba a poner un sello de cera negra
    sobre ese frágil y caro tesoro;
iba a devolverlo y, sin poder aún creerlo,
    seguía todavía dudando entre sollozos.
¡Ah, débil mujer, orgullosa e insensata:
    aun a tu pesar, no podrás olvidar!
¿Por qué, oh, Dios, faltar así a la verdad?
¿Por qué esas lágrimas, esa garganta oprimida,
    esos lamentos, si ya no amabas más?

Sí, tú languideces, tú sufres y lloras,
    mas tu mentira entre nosotros está.
Pues bien, ¡adiós! Contarás todas las horas
    que de ti me separarán.
¡Vete, vete, y en tu corazón de hielo
    llévate tu orgullo satisfecho!
Yo aún joven y vivaz el mío siento,
y muchos males aún podrán encontrar lugar
    sobre el mal que tú me has hecho.

¡Vete, vete! La inmortal naturaleza
    no te lo ha querido todo dar.
¡Ah, pobre niña, que quieres ser bella
    y no sabes perdonar!
Vamos, vamos, sigue tu destino;
    quien te pierde no todo lo ha perdido.
Arroja al viento nuestro amor consumado.
¡Y tú, eterno Dios, tú a quien tanto he amado!:
    si tú te vas, ¿para qué me has querido?

Mas súbitamente he visto en la negra noche
    a una forma silenciosa deslizarse.
Por mi cortina he visto pasar una sombra;
    ha venido a sobre mi lecho sentarse.
¿Quién eres, melancólica y pálida figura,
    sombrío retrato mío vestido de negro?
¿Qué quieres de mí, triste ave de paso?
¿Eres un fútil sueño? ¿Eres mi reflejo
    que percibo en un espejo?

¿Quién eres, espectro de mi juventud,
    peregrino al que nada ha cansado?
Dime por qué te encuentro sin cesar
    sentado en las sombras por donde paso.
¿Quién eres, visitante solitario,
    asiduo espectador de mi dolor?
¿Qué has hecho para seguirme por la tierra?
¿Quién eres, quién eres, hermano mío,
    que sólo apareces en mis días de aflicción?

LA VISIÓN
Amigo, nuestro padre es el mismo.
Yo no soy ni el ángel guardián
ni el malvado destino de los hombres.
De aquellos que amo, nunca puedo
saber hacia dónde dirigen sus pasos
sobre este poco de fango que pisamos.

Yo no soy ni dios ni demonio,
y tú me has apelado por mi nombre
cuando me has llamado tu hermano;
a donde vayas yo siempre estaré,
hasta el último de tus días,
cuando a sentarme en tu lápida iré.

El cielo me ha confiado tu corazón.
Cuando te halles sumido en el dolor,
acércate a mí sin inquietud;
por todos los caminos te seguiré,
aunque nunca podré tu mano tocar.
Amigo, yo no soy sino la Soledad.

Théophile Gautier

Lamento

¿Conocéis el blanco sepulcro
sobre el cual flota, con un son lastimero,
la sombra de un tejo?
Sobre el tejo una blanca paloma,
triste y sola, bajo el sol poniente
entona su canto:

un aire enfermizamente tierno,
a la vez encantador y fatal,
que os llena de dolor
y que uno querría por siempre escuchar;
un aire como hacia los cielos suspirado
por un ángel enamorado.

Diríase que un alma despierta
llora, bajo tierra, al unísono
de esa canción,
y que, por el dolor de haber sido
olvidada, se lamenta, en un arrullo,
con dulce aflicción.

Sobre las alas de la música
se siente lentamente el volver
de un lejano recuerdo,
y una sombra de forma angelical
aparece, sobre un rayo tembloroso,
en un blanco velo.

Las flores nocturnas, entreabiertas,
difunden su perfume dulce y ligero
por todo el lugar,
y con tierna actitud el fantasma
susurra, mientras os tiende los brazos:
«¿Regresarás?».

¡Oh, nunca más me acercaré
a ese sepulcro, cuando la noche caiga
con su manto negro,
para escuchar a la blanca paloma
entonar su canto quejumbroso
sobre la rama de ese tejo!

C. M. Leconte de Lisle

El frío viento de la noche

El frío viento de la noche sopla a través de los árboles
y quiebra de vez en cuando las ramas secas de estos;
la nieve, sobre la llanura en la que yacen los muertos,
como un sudario extiende su blanco manto a lo lejos.

En negra hilera, al borde del estrecho horizonte,
un largo séquito de cuervos pasa rasante sobre la tierra,
y algunos perros, excavando una colina solitaria,
entrechocan sus huesos sobre la áspera hierba.

Bajo los pastos helados oigo gemir a los muertos.
¡Oh, pálidos habitantes de la noche privados de despertar!,
¿qué amargo recuerdo turba así vuestro reposo
y escapa de vuestros gélidos labios en hondos sollozos?

¡Olvidad, olvidad! Vuestros corazones están consumidos
y vuestras arterias están vacías de sangre y de calor.
¡Oh, muertos, benditos muertos, víctimas de ávidos gusanos,
recordad poco de la vida y procurad descansar!

¡Ah!, cuando a vuestros profundos lechos yo descienda,
como un esclavo anciano que al fin ve sus cadenas caer,
¡cómo amaré sentir, libre de todos los males sufridos,
mi tan esperada entrada a la ceniza común!

Mas, ¡oh, sueño!, los muertos callan en la noche.
Es el viento; es el esfuerzo de los perros en el pasto;
es tu triste suspiro, ¡implacable Naturaleza!;
es el llanto y el gemir de mi corazón ulcerado.

¡Cállate ya! El cielo es sordo y la tierra te desdeña.
¿Para qué tantas lágrimas, si no podrás curarte?
Sé mejor como el lobo herido, que calla al morir
y que muerde el puñal con sus fauces sangrantes.

Un latido más aún, una tortura más... aún. Luego, nada.
La tierra se abre, un poco de carne cae en esa cavidad,
y la hierba del olvido, cubriendo pronto la sepultura,
crece eternamente sobre ese pasado montón de vanidad.

A un poeta muerto

Tú, cuyos ojos antaño vagaban, sedientos de luz,
de los colores divinos a los contornos inmortales
y de la carne viviente al esplendor de los cielos,
duerme en paz en la noche que sella tus párpados.

¿Ver, oír, sentir? Sólo humo, viento y polvo.
¿Amar? No más que hiel contiene la copa de oro.
Como un dios aburrido que abandona su altar,
entra a la inmensa materia y piérdete allí sin más.

Ya sobre tu mudo sepulcro y tus huesos consumidos
alguien derrame o no las lágrimas acostumbradas,
ya tu siglo banal te olvide o celebre tu nombre,

¡yo te envidio, en el fondo de esa calma y negra tumba
en la que te has liberado de la vida y no conoces más
la vergüenza de pensar y el horror de ser un hombre!

Charles Baudelaire

El albatros

A menudo, para divertirse, los marineros atrapan
algún albatros, grandes pájaros de los mares
que siguen, como indolentes compañeros de viaje,
al navío que se desliza sobre los abismos amargos.

No bien los arrojan sobre las planchas de cubierta,
estos reyes del cielo, torpes y avergonzados,
dejan caer lastimosamente sus grandes alas blancas,
que entonces cuelgan como remos a sus costados.

¡Qué torpe y qué débil es allí ese viajero alado!
Hace poco tan bello, ¡qué cómico y qué feo!
Uno lo provoca golpeándole el pico con una pipa;
otro imita, cojeando, la invalidez del que volaba.

El poeta es semejante a ese príncipe de las nubes
que frecuenta tempestades y se burla del arquero:
exiliado en el suelo, entre mofas y abucheos,
sus alas de gigante le impiden caminar.

Tristezas de la luna

Esta noche la luna sueña con más pereza,
como una bella mujer sobre numerosos cojines
que acaricia, con mano ligera y distraída,
el contorno de sus senos antes de dormirse.

Sobre la satinada espalda de suaves avalanchas,
moribunda, se entrega a prolongados desmayos
y pasea sus ojos por las blancas visiones
que en el azul ascienden como floraciones.

Cuando sobre este mundo, en su languidez ociosa,
alguna lágrima furtiva cada tanto deja caer,
un poeta piadoso, enemigo del sueño,

en el hueco de su mano recoge esa pálida lágrima,
fragmento de ópalo de irisados reflejos,
y en su corazón, lejos de los ojos del sol, la encierra.

El muerto gozoso

En una tierra fértil, llena de caracoles,
una fosa profunda yo mismo quiero cavar
en la que pueda tumbar mis viejos huesos
y dormir en el olvido cual tiburón en las olas.

Odio los testamentos y odio las sepulturas;
antes de implorar una lágrima a nadie,
preferiría invitar a los cuervos a ensangrentar,
aún vivo, sus picos en mi inmundo esqueleto.

¡Oh, gusanos, oscuros compañeros sin oídos ni ojos,
ved venir a vosotros un muerto libre y gozoso!
¡Vividores filósofos, hijos de la putrefacción,

pasad sin remordimiento a través de mis ruinas
y decidme si aún queda alguna tortura para este
viejo cuerpo sin alma y muerto entre los muertos!

Spleen

Cuando el cielo bajo y grávido pesa como una losa
sobre el gimiente espíritu preso de largos tedios
y, abrazando todo el círculo del horizonte,
nos depara un negro día más triste que las noches;

cuando la tierra se ha vuelto un húmedo calabozo
en el que la Esperanza, como un murciélago,
se va dando golpes contra los muros con sus tímidas alas
y chocando la cabeza contra los pútridos techos;

cuando la lluvia, derramando sus inmensos torrentes,
imita los barrotes de una vasta prisión,
y un mudo pueblo de infames arañas viene
a tejer sus telas en el fondo de nuestras mentes;

unas campanas comienzan de pronto a sonar
con furia y lanzan al cielo un aullido espantoso,
similar al de los espíritus errantes y sin patria
que se ponen a gemir con obstinación;

y largas comitivas fúnebres, sin tambores y sin música,
desfilan lentamente por mi alma; la Esperanza,
vencida, llora; y la atroz Aflicción, despótica,
sobre mi cráneo inclinado su negro estandarte enarbola.

Las metamorfosis del vampiro

La mujer, entre tanto, de su boca de fresa,
mientras se retorcía como una serpiente sobre las brasas
y se amasaba los senos sobre las ballenas de su corset,
dejaba deslizar estas palabras impregnadas de almizcle:
«Tengo los labios húmedos y conozco la ciencia
de perder en el fondo de un lecho la antigua conciencia.
Seco todas las lágrimas en mis pechos triunfantes
y hago que los ancianos rían con risas de infantes.
Sustituyo, para quien me ve desnuda y sin velos,
a la luna, al sol, a las estrellas y al cielo.
Soy, mi querido sabio, tan experta en placeres
cuando aprisiono a un hombre entre mis temidos brazos
o abandono a los mordiscos mi busto alabado,
frágil y robusta, tímida y libertina,
que, sobre estos colchones que se desmayan de emoción,
los impotentes ángeles por mí se condenarían».

Cuando hubo de mis huesos chupado toda la médula
y lánguidamente me volví yo hacia ella
para ofrendarle un beso de amor, no vi más
que un odre de flancos viscosos, rebosante de pus.
Cerré ambos ojos, en mi helado horror,
y, cuando volví a abrirlos a la viva claridad,
vi a mi lado, en lugar del poderoso maniquí
que parecía haber hecho provisión de sangre,
un esqueleto cuyos restos, entrechocándose en confusión,
producían un grito semejante al de una veleta
o cartel que, en la punta de una vara de hierro,
es balanceado por el viento en las largas noches de invierno.

Las letanías de Satán

Oh, tú, el más sabio y más bello de los ángeles,
dios traicionado por el destino y de alabanzas privado,

¡oh, Satán, apiádate de mi enorme miseria!

Oh, príncipe del exilio, a quien se ha agraviado
y que, vencido, siempre más poderoso vuelves a levantarte,

¡oh, Satán, apiádate de mi enorme miseria!

Tú que todo lo sabes, gran rey de las cosas subterráneas,
tú, familiar sanador de las angustias humanas,

¡oh, Satán, apiádate de mi enorme miseria!

Tú que hasta a los leprosos y a los parias malditos
enseñas mediante el amor el sabor del paraíso,

¡oh, Satán, apiádate de mi enorme miseria!

Oh, tú, que de la Muerte, esa amante vieja y poderosa,
engendras la Esperanza, esa adorable loca,

¡oh, Satán, apiádate de mi enorme miseria!

Tú que das al condenado esa mirada en torno al cadalso
que, arrogante y serena, a todo un pueblo condena,

¡oh, Satán, apiádate de mi enorme miseria!

Tú que sabes en qué rincones de las tierras envidiosas
el celoso Dios ocultó sus piedras preciosas,

¡oh, Satán, apiádate de mi enorme miseria!

Tú cuya clara mirada conoce los profundos arsenales
en los que duerme amortajado el pueblo de los metales,

¡oh, Satán, apiádate de mi enorme miseria!

Tú cuya mano extendida oculta los precipicios
al sonámbulo que vaga al borde de los edificios,

¡oh, Satán, apiádate de mi enorme miseria!

Tú que, mágicamente, haces flexibles los viejos huesos
del borracho rezagado atropellado por los caballos,

¡oh, Satán, apiádate de mi enorme miseria!

Tú que, para consolar al sujeto frágil que sufre,
nos enseñas a mezclar el salitre y el azufre,[1]

¡oh, Satán, apiádate de mi enorme miseria!

Tú que pones tu marca, ¡oh, cómplice sutil!,
en la frente del creso[2] despiadado y vil,

¡oh, Satán, apiádate de mi enorme miseria!

Tú que pones en el corazón y los ojos de las muchachas
el culto a las heridas y el amor por los harapos,

¡oh, Satán, apiádate de mi enorme miseria!

Báculo del desterrado, lámpara del inventor,
confesor del ahorcado y del conspirador,

¡oh, Satán, apiádate de mi enorme miseria!

Padre adoptivo de aquellos a quienes, en su negra cólera,
Dios padre del paraíso terrenal expulsó,

¡oh, Satán, apiádate de mi enorme miseria!

ORACIÓN

¡Gloria y alabanza a ti, Satán, en las alturas
del Cielo, donde reinas, y en las profundidades
del Infierno, donde, vencido, en silencio sueñas!
¡Haz que mi alma un día, bajo el árbol de la Ciencia,
cerca de ti descanse, en la hora en que sobre tu frente
como un templo nuevo sus ramas se extiendan!

---

[1] El salitre y el azufre, junto con el carbón, se combinan para producir la pólvora.

[2] De Creso, antiguo rey de Lidia célebre por sus riquezas, sinónimo de hombre opulento.

Stéphane Mallarmé

La siesta de un fauno

ÉGLOGA

EL FAUNO
Esas ninfas, las quiero perpetuar.

                        Tan claro,
su ligero color encarnado, que revolotea en el aire
adormecido en espesos letargos.

                        ¿Amé yo un sueño?

Mi duda, despojo de noche antigua, se acaba
en mucha rama sutil que, volviéndose parte
de los bosques mismos, prueba, ¡ay!, que yo me ofrecía
como triunfo, estando solo, la falta ideal de rosas.

Reflexionemos...

                        ¿y si las mujeres que glosas
sólo reflejan un deseo de tus sentidos fabulosos?
La ilusión, fauno, escapa a los ojos azules y fríos,
similares a una fuente de lágrimas, de la más casta;
mas la otra, toda suspiros, ¿dices tú que contrasta
como brisa de un día caluroso en tu vellón?
¡Que no!, por el inmóvil y cansado desmayo
de calores que sofocan la frescura de esta mañana,
no murmura aquí más agua que la vertida por mi flauta
al bosquecillo empapado de acordes; y el único viento,
pronto a exhalarse fuera de los dos tubos
para dispersar el sonido en una infecunda lluvia,
es, en el horizonte carente de onda alguna,
el visible y sereno soplo artificial
de la inspiración, que recupera el cielo.

Oh, orillas sicilianas de pantanosa calma
que, a despecho de los soles, mi vanidad saquea,
tácitas bajo las centelleantes flores DECID
«que yo cortaba aquí huecas cañas amaestradas
por el talento, cuando, sobre el oro glauco de lejanas
arboledas que ofrecen sus vides a los manantiales,
una blancura animal ondula hacia el reposo,

y que, durante el lento preludio en que nacen las flautas,
ese vuelo de cisnes... ¡no!, de náyades escapa
o se hunde...».

                    Inerte, todo ardía en la hora encendida
sin decir por qué arte habían huido en conjunto,
exceso de hímenes ansiados por quien buscaba un la;
entonces me desperté al primero de mis fervores,
recto y solo, bajo un antiguo raudal de luz,
¡lirio!, y el primero de vosotros por la ingenuidad.

Además de esta dulce nada anunciada por los labios,
el beso, que calladamente garantiza perfidias,
mi pecho, virgen de pruebas, muestra una mordedura
misteriosa, legado de algún augusto diente;
pero ¡basta!: arcano tal eligió por confidente
al vasto junco gemelo que suena bajo el azul
y que, desviando hacia sí la turbación de la mejilla,
sueña, en un largo solo, con que ambos entretenemos
a la belleza circundante por medio de confusiones
falsas entre ella misma y nuestro crédulo canto,
así como con lograr, tan alto como el amor se module,
desvanecer, del sueño ordinario de la espalda
o del flanco puro seguido por mis ojos cerrados,
una sonora, vana y monótona línea.

¡Intenta, pues, instrumento de fugas, oh, maligna siringa,
florecer de nuevo en los lagos donde me aguardas!
Yo, orgulloso de mi rumor, quiero hablar largo tiempo
de las diosas y, por medio de idólatras pinturas,
raptar aún cinturas a su sombra, así como,
cuando a las uvas he succionado la claridad
para alejar un dolor escondido por mis mentiras,
elevo, riendo, el exhausto racimo al cielo estivo
y, soplando en sus pieles brillantes, ávido
de embriaguez, hasta el ocaso a su través miro.

Oh, ninfas, recuperemos los RECUERDOS diversos.
«Mi mirada, atravesando los juncos, se clava
en cada pecho inmortal que hunde su ardor en las olas
con un grito de rabia al cielo del bosque,
y el espléndido baño de cabellos desaparece
en brillos y estremecimientos, ¡oh, pedrerías!
Hacia allí corro, cuando, a mis pies, se enredan
(afligidas por la languidez saboreada en el mal
de ser dos) en el peligro de sus brazos las durmientes;
yo las rapto, sin desentrelazarlas, y las llevo

                                    Poesía oscura romántica

hacia ese macizo, odiado por la frívola sombra,
de rosas que desecan todo su perfume al sol,
donde nuestro ardor se parecerá al día consumido».
¡Yo te adoro, enfado de vírgenes, oh, delicia
feroz del sacro cuerpo desnudo que se escurre,
para huir de mis labios en llamas, como un trémulo
fulgor! El secreto espanto de la carne:
de los pies de la cruel al pecho de la tímida
que pierde a la vez la inocencia, húmeda
de loco llanto o de menos tristes vapores.
«Mi crimen fue haber, feliz de vencer esos miedos
traidores, separado aquellos desgreñados cabellos
de los besos que los dioses mantenían confundidos,
pues yo apenas empezaba a esconder una ardiente risa
bajo los felices pliegues de una sola (guardando
con un simple dedo que su candor de pluma
se tiñera del gozo de su hermana que se encendía,
la pequeña, cándida y sin ruborizarse),
cuando de mis brazos, derrotados por muertes
inciertas, esa presa, por siempre ingrata, se liberó
sin piedad del sollozo del que yo aún ebrio estaba».

¡No importa! Hacia la dicha otras me arrastrarán
con sus trenzas atadas a los cuernos de mi frente;
tú sabes, pasión mía, que, púrpura y madura,
cada granada estalla y se llena de un murmullo de abejas;
y nuestra sangre, enamorada de quien viene a tomarla,
fluye por el eterno enjambre del deseo.
A la hora en que el bosque se tiñe de oro y ceniza,
una fiesta se exalta en el moribundo follaje;
¡Etna!, es en tus laderas visitadas por Venus,
que sobre tu lava posa sus talones ingenuos,
cuando retumba un sueño triste o expira la llama.
¡Tengo a la reina!

       Oh, seguro castigo...

                    Mas mi alma,
vacía ya de palabras, y este pesado cuerpo
tarde sucumben al orgulloso silencio del mediodía;
sin más, debo dormir en el olvido de la blasfemia,
echado sobre la ardiente arena, y, tal como adoro,
abrir mi boca al astro eficaz de los vinos.

Adiós, pareja; veré la sombra en que os transformáis.

Maurice Rollinat

La muerta embalsamada

Para arrebatar esa muerta tan bella como un ángel
    a los atroces besos del gusano,
decidí hacerla embalsamar en una caja extraña.
    Era una noche de invierno.

Se extrajeron, de ese cuerpo rígido, lívido y helado,
    los pobres órganos difuntos,
y, en ese abierto vientre tan sangriento como vacío,
    se vertieron perfumes untuosos,

además de cloro, alquitrán y algo de cal en polvo.
    Cuando todo quedó lleno,
con una aguja de plata se procedió a coserlo
    sin dejar ni un pliegue en la piel.

Se reemplazaron sus ojos, en los que la naturaleza
    había puesto el azul de los cielos
y que la infecta podredumbre habría devorado,
    por azules ojos artificiales.

El boticario, mediante el uso de cierta resina,
    consiguió petrificarla,
y, al hacerlo, gritó exultante, apestando a la sustancia:
    «¡Ya no puede pudrirse!

»Respondo por ello. Serás horadado como vieja madera
    por los reptiles del sepulcro
antes de que la embalsamada, dura como el mármol,
    el menor fragmento haya perdido».

Estando ya en soledad, pinté sus labios violáceos
    con la esencia del carmín
y cubrí con numerosas joyas, anillos y amuletos
    su esbelto cuello y su frágil mano.

Entreabrí sus párpados y cerré su muda boca,
    lleno de asombro y de horror;
y, con aire grave, até sus pequeñas babuchas
    a sus pobres pies helados.

Envolví su cuerpo en un blanco sudario de gasa,
    desenredé sus largos cabellos
y, cayendo sobre mis rodillas, pasé del éxtasis
    al delirio atroz y nervioso.

Luego, en un intenso paroxismo de neurosis
    pesado como un plomo fatal,
ojeroso, la tendí sobre un gran montón de rosas
    en un ataúd de cristal.

El olor cadavérico había abandonado la estancia,
    y, sobre el oro y el terciopelo,
soplos de benjuí, vetiver y ámbar se difundían,
    cálidos, enervantes y densos.

Contemplé a la muerta, a mi tan amada momia,
    y, resucitando su belleza,
me atreví a imaginar que sólo estaba dormida
    en los brazos del placer.

Y en una fresca cripta a la que se llega por rampas
    de negro mármol y oro macizo,
para siempre a la luz sepulcral de las lámparas,
    debajo de un cráneo pensativo,

la muerta en su ataúd transparente y espléndido,
    burlándose de la putrefacción,
duerme, intacta y serena, cándida y amorosa,
    ante mi eterna estupefacción.

La lluvia

Cuando la lluvia, como una inmensa madeja
que embrolla sus interminables hilos de agua helada,
cae de un cielo negro y fúnebre como una cripta
sobre París, esa Babel escandalosa y convulsa,

yo abandono mi refugio y, sobre los puentes de hierro,
sobre el pavimento, sobre los adoquines, sobre el asfalto,
dejando mojar mi cráneo, en el que crepita un infierno,
camino con febriles pasos sin detenerme jamás.

La lluvia introduce en mi mente sueños obsesivos
que me hacen chapotear lentamente por el fango,
mientras, sombrío vagabundo, pipa entre los dientes,
sin cesar por millares de ruedas soy salpicado.

La lluvia es para mí el spleen de lo desconocido:
es por eso que tengo tanta sed de esas lágrimas delgadas
que sobre París, el monstruo del llanto continuo,
caen oblicuamente, lúgubres y calladas.

El eterno codazo de los peatones asustados
deja de enfurecerme, tanto se fermentan mis pensamientos;
y apenas si escucho a los amigos que me cruzo
balbucear con aires de verdad sus mentirosas palabras.

Mis ojos están tan perdidos, tan muertos y tan helados,
que, en el ir y venir de las sombras libertinas,
ni siquiera miro, bajo las enaguas arremangadas,
los alegres brincos de las botas elegantes.

Rumiando en voz alta poemas de hiel,
atravieso los amplios charcos y cunetas sin mirar;
y, mezclando mi tristeza con el dolor del cielo,
camino por París como si lo hiciera por un cementerio.

Entre las impuras multitudes de demonios,
me hundo en el gran laberinto, al azar y sin guía,
y aspiro entonces a pleno pulmón
la espantosa humedad de esa neblina líquida.

¡Me empapo bajo la lluvia! A su encanto asesino,
los gusanos fluyen por mi cerebro como una ola;
pues para mí, explorador de lo triste y lo malsano,
se trata de una poesía atroz que me inunda.

El estanque

Lleno de viejos peces afectados por la ceguera,
el estanque, bajo un grave cielo cargado de truenos,
extiende, entre sus juncos varias veces centenarios,
el agitado horror de su turbia opacidad.

En la distancia, los duendes dan misteriosa luz
a más de un pantano negro, siniestro y temido;
pero ninguno se revela en este lugar todo desierto
salvo por los horrendos ruidos de sapos infectos.

La luna, que se asoma justo en este momento,
es reflejada por sus aguas tan fantásticamente
que uno podría creer, al ver su rostro espectral,

su chata nariz y la extraña forma de sus dientes,
que se trata de una calavera iluminada por dentro
que a mirarse en un oscuro espejo desciende.

La amante macabra

Ella estaba toda desnuda sentada al clavicordio;
y, mientras fuera aullaban los vientos rabiosos
y la medianoche sonaba como un vago toque de alarma,
sobre las teclas sus dedos cadavéricos se deslizaban.

Una pálida lámpara nocturna iluminaba tristemente
la cámara en la que se desarrollaba esa trágica escena,
y de tanto en tanto yo escuchaba un apagado gemido
mezclarse con los acordes del mágico instrumento.

¡Oh, mágico, en efecto! Pues parecía hablar
con las mil voces de una inmensa armonía,
la cual era tan grandiosa como si proviniera
de un océano musical pletórico de genialidad.

Mi amada espectral, ya próxima a la muerte,
así tocaba delante de mí, lívida y violeta,
y sus largos cabellos, más negros que el remordimiento,
caían suavemente sobre su esqueleto viviente.

¡Huesuda desnudez casta en su magrura!
¡Tuberculosa belleza tan triste como ardiente!
Ese ángel del horror parecía querer expresar
un lamento supremo en un supremo *andante*[1].

Junto a ella, un ataúd de caoba labrada,
esbelta caja en espera de un esbelto cuerpo,
abría sus fauces oblongas con avidez
y parecía estar llamándola con su muda voz.

Sin duda, ella podía oír el tenebroso llamado
que surgía de ese féretro digno de un santuario,
pues le respondió entonces con un doloroso canto,
siniestro y resignado como un «Sí» mortuorio.

Así cantó: «Recién abandono los brazos de mi amante:
por poco lo he matado bajo mi beso feroz;
y, aún toda amoratada por su fuerte abrazo,
acompaño mis estertores con esta melodía atroz.

---

[1] En la notación musical clásica, el *andante* es un *tempo* moderadamente lento, intermedio entre el *adagio* (lento) y el *moderato*. Por extensión, se llama *andante* a cualquier composición, movimiento o pasaje musical que se ejecute a dicha velocidad.

»Tras mucho tiempo, he comprado mi ataúd:
¡por fin! Dentro de una hora, tendrá mi cadáver;
la Vida es un navío cuyo arrecife es la Enfermedad,
y la Muerte es para los torturados un dulce refugio.

»Mi cuerpo delgado y enfermizo vivía del placer,
y ahora por eso está muriendo, horriblemente tísico;
pero hasta el final mi corazón beberá la extrañeza
que habita en esos abismos llamados Música y Poesía.

»A vosotros, hombres que tanto he amado, ¡os maldigo!
¡Os deseo esta amarga angustia y este hondo marasmo!
¡Adiós, oh, lecho de lujuria, cielo e infierno,
donde siempre el sufrimiento asesinaba mis espasmos!

»¡Regocíjate, ataúd, lecho formidable y puro,
con tu terciopelo negro moteado de lágrimas blancas,
pues vas a recibir un cadáver tan duro
que se consumirá sin pegarse a tus tablas!

»Y tú, poeta enamorado de lo Oscuro y lo Horrendo,
¡agoniza y muere! Un amigo te meterá en el féretro
y, conociendo nuestro amor, nos recostará a ambos
en el mismo sepulcro y bajo la misma lápida.

»Y ardientes deseos, desconocidos entre los muertos,
harán entonces cosquillas a nuestros lascivos cadáveres,
que unirán, embriagados por espantosos perfumes,
sus dientes sin encías y sus órbitas sin ojos».

Mientras este luctuoso canto de fatalidades
exhalaba su horrible y cautivadora melodía,
el piano gemía tan ásperamente que, de haberlo oído,
Chopin[2] mismo se habría estremecido de horror.

Y yo, en mi lecho, pálido y aplastado por el estupor,
cual muerto vivo carente de todo salvo ojos y oídos,
veía y oía todo aquello, erizado por el Miedo,
sin poder decir una sola palabra a esa Eva inconcebible.

---

[2] El pianista y compositor polaco Frédéric Chopin (1810-1849), autor de una célebre *Marcha fúnebre* (que luego incluiría como tercer movimiento en su *Sonata para piano n.º 2* en si bemol menor) y de numerosas obras llenas de intenso dramatismo (especialmente entre sus estudios, preludios y nocturnos), murió de complicaciones derivadas de una larga tuberculosis.

Cuando su corazón por fin sintió sus últimos latidos,
ella se levantó y se recostó en las fúnebres tablas,
tras lo cual la lámpara nocturna se apagó bruscamente
y quedé sumergido en una densa oscuridad.

Entonces, aterrado hasta el borde de la locura,
creyendo ver a Satán dando saltos en círculos,
oí un golpe sordo seguido de un débil gemido:
ella había fallecido al cerrar la tapa de su ataúd.

Y desde entonces, todas las noches (¡oh, cruel pesadilla!),
mientras grito de horror, más desolado que Electra[3],
en las tinieblas se me aparece el esqueleto de la muerta
enviándome un beso con su mano espectral.

---

[3] Electra fue una figura trágica helénica, hija de los reyes Agamenón y Clitemnestra, a la que
Sófocles y Eurípides dedicaron sendas tragedias. Cuando Agamenón regresó victorioso de
la guerra de Troya, Clitemnestra y su amante Egisto lo asesinaron y se quedaron con el trono. Años más tarde, Electra urdió junto a su hermano Orestes el plan para vengar a su padre
dando muerte a su propia madre y al nuevo rey. Una vez consumado el matricidio, Orestes
fue perseguido por las erinias o furias, horrendas diosas de la venganza.

ÍNDICE

www.ingramcontent.com/pod-product-compliance
Lightning Source LLC
Chambersburg PA
CBHW061253120726
48001CB00001B/292